CARLOS EDUARDO PALETTA GUEDES

Uma PAIXÃO por CULTURA

Do pop ao clássico, uma história de amor à arte

Editora **Fundamento**

2009, Editora Fundamento Educacional Ltda.

Editor e edição de texto: Editora Fundamento
Capa e editoração eletrônica: Editora Fundamento
CTP e impressão: SVP – Gráfica Pallotti – Santa Maria

Todos os direitos reservados e protegidos pela Lei 5.988, de 14.12.1973.
Nenhuma parte deste livro, sem autorização prévia por escrito da editora, poderá ser reproduzida ou transmitida sejam quais forem os meios empregados: eletrônicos, mecânicos, fotográficos, gravação ou quaisquer outros.

Dados Internacionais de Catalogação na Publicação (CIP)
(Câmara Brasileira do Livro, SP, Brasil)

Guedes, Carlos Eduardo Paletta
    Uma paixão por cultura – Do pop ao clássico, uma história de amor à arte/ Carlos Eduardo Paletta Guedes. – 1. ed. – São Paulo, SP: Editora Fundamento Educacional, 2009.

    1. Ficção brasileira I. Título.

07-10106   CDD-869.93

Índice para catálogo sistemático:
1. Ficção: Literatura brasileira   869.93

Depósito legal na Biblioteca Nacional, conforme Decreto nº 1.825, de dezembro de 1907.

Impresso no Brasil

Telefone: (41) 3015 9700
E-mail: info@editorafundamento.com.br
Site: www.editorafundamento.com.br

Dedico este livro, em primeiro lugar, a Isabela, minha
cinéfila predileta, inspiração e fonte de informações
inesgotável sobre assuntos culturais. Dedico ainda aos amigos
de toda a vida, Ricardo Augusto, Felipe e Marquinho.

Agradeço ao meu grande incentivador, Mauro Halfeld,
sem o qual nada disso teria sido possível.

As vidas de quase todos nós são repletas de coisas que nos mantêm ocupados e preocupados. Mas a todo momento nos vemos olhando para trás e perguntando o que significa tudo isso. Então, é bem provável que comecemos a fazer perguntas fundamentais com as quais normalmente não nos importamos.

Bryan Magee, em História da Filosofia

Capítulo I
Os motivos de Maria Lúcia

Os motivos que levaram Maria Lúcia a terminar nosso namoro de três anos foram:

1º – meu egoísmo, egocentrismo e machismo – misturados e inseparáveis, segundo ela;
2º – minha excessiva dedicação ao trabalho;
3º – minha falta de cultura.

O que posso dizer? Quanto ao primeiro motivo, não sei se minha defesa é suficiente, mas lá vai: tive uma criação machista e patriarcalista. Talvez seja essa a razão de meus atos pouco gentis e não cavalheiros. Nos últimos meses, o que antes eram pequenas falhas de fácil superação tornaram-se defeitos enormes, incontornáveis. Como no dia em que ela me pediu que segurasse sua sombrinha enquanto chovia, após as compras de Natal. Reclamei que a chuva estava me molhando, porque ela a segurava de forma errada, de modo que me acertavam aquelas pontas assassinas na cabeça, pelo amor de Deus! Ela disse que era baixa e que a pessoa mais alta (eu) era quem deveria segurar a sombrinha – além do mais, ela argumentava, estava cheia de sacolas com presentes para a minha família. Eu disse que não uso guarda-chuva, muito menos sombrinha. Totalmente contra meus princípios. Se isso tivesse ocorrido no primeiro mês de namoro, ela teria achado estranho, mas compreenderia, esperando o dia em que eu consertaria meus defeitos. Há dois meses, foi a gota d'água para uma relação de três longos anos. Agora, fico buscando nas profundezas de minha memória episódios em que minha mãe me protegeu de tempestades com sua sombrinha azul de bolinhas brancas. Será que coisas desse tipo nos deixam mal-acostumados para o resto de nossas vidas? Será que só gosto do filé acebolado com batata palha que minha mãe faz? Quantas namoradas devo ter perdido por achar que mulheres deveriam me servir? Acho que não adianta culpar meu histórico familiar – o fato é que estou sozinho de novo. Se isso é um problema (tenho minhas dúvidas), devo resolver de alguma forma.

Já em relação ao trabalho, não guardo culpas ou remorsos. Não sou um moderno workaholic, palavra bonita para o viciado em trabalho. Como advogado especialista na área trabalhista, já li sobre a etimologia da palavra trabalho, provavelmente *tripalium*, antiga ferramenta de tortura. Não chegaria a afirmar que meu trabalho seja uma tortura. Comecei minha carreira sem qualquer padrinho ou parente que pudesse me encaminhar na profissão. Meus primeiros clientes foram empregados que ganhavam salário mínimo e queriam se vingar de seus patrões. Aos poucos, aumentei minha fama e acabei me tornando advogado de um sindicato. Não ganhava muito. Mas nunca fui pobre, a família sempre ajudou. Sou um típico integrante da classe média, tive boa educação em escolas particulares, tenho amigos mais ricos, mas também mais pobres que eu. Meu pai, médico oftalmologista, assinava dois jornais diários e uma revista semanal, almoçava todos os dias em casa e sempre gostou de filmes de ação. Nesse ambiente, ensinaram-me a ter garra e ambição profissional. Não sei, mas pode ser por isso que, depois de quatro anos de formado, tenha conseguido uma boa posição num grande escritório, Martins, Antunes e Resnik Advogados Associados, após o convite de um adversário em vários casos. Hoje, trabalho para empresas, defendendo seus interesses em processos perante a Justiça do Trabalho. Virei de lado, pois tenho que pensar no meu futuro. Ganho bem mais dinheiro que antes. Tenho um carro (usado, comprei no ano passado) e uma boa coleção de DVDs. Quando não estou assistindo a um show do Pink Floyd ou do Cure, assisto à TV Justiça – o que me leva à segunda acusação. Atualmente, quando olho para trás, vejo que era ela (a TV Justiça) que passava para Maria Lúcia a idéia de que eu era um workaholic. "Como pode você querer ver essa porcaria? Você não se cansa de trabalhar com isso o dia inteiro e ainda ficar vendo pela TV em casa?", ela sempre repetia. Nem eu sei o motivo direito. Aqueles debates herméticos, bate-papos pretensiosos, programas de "pseudopopularização" dos direitos dos cidadãos com atores amadores, julgamentos do Supremo Tribunal Federal, tudo aquilo me dá uma sensação de importância do tipo "eu sei sobre o que vocês estão falando". Já perguntei a muitos colegas se eles assistem à TV Justiça. Somente um disse sim, o que duvido – o meu amigo Felipe Marco, o Turco, professor de uma faculdade particular, quase calvo aos 29 anos de idade e usando óculos. Definitivamente, ele não pode servir de referência. Minhas horas no escritório nunca ofenderam tanto a Malu quanto meia hora vendo o STF na TV. Eles deveriam avisar que a TV Justiça faz mal aos relacionamentos, especialmente se a mulher for uma ortodontista. Vou mandar um e-mail para lá.

Falta de cultura foi a razão número três e a que mais doeu. Ela não era nenhuma professora de literatura ou filósofa. Maria Lúcia estudou bocas por cinco anos, meu Deus! Não que dentistas não possam ser cultos, jamais diria isso. Conheço um que certamente é. O problema é que ela não era culta (quem é culto, afinal?), porém agia como se fosse e, no fim do namoro, quando leu um livro de filosofia para adolescentes, resolveu tratar-me como inferior intelectualmente. Como é que uma mulher que viu Titanic três vezes (e chorou nas três) pode me dar lição de cultura? Tudo bem, posso ter saído do cinema quando fui ver *Dogville* e posso ter dormido com a voz do HAL em *2001 – Uma odisseia no espaço*. Mas tenho um colega que não sabe o nome do prefeito e nem por isso vou humilhá-lo. Gosto de comédias, principalmente pastelão. Ela sempre dizia que não gostava daquele tipo de humor. Para falar a verdade, poucas vezes ela riu num filme que peguei para o fim de semana. Nem mesmo de seriados ela gostava. Vendo por esse ângulo, foi até bom que terminássemos. Bom nada, a quem estou enganando? Doeu muito. Acho que superei, já rasguei fotos, parei de usar as camisas que ela me deu e tudo. O apartamento está livre de Maria Lúcia, as páginas de dedicatória nos livros já foram arrancadas. Já são mais de dois meses sem ela, e é hora de seguir com a minha vida. Turco vive me chamando para as festas da faculdade onde ele dá aula. Aparentemente e para meu espanto, ele é um professor popular e solteiro, acho que devido ao seu ar cult. Ainda prefiro descansar um pouco. Sair de um longo namoro e respirar o ar limpo dos campos tem suas vantagens. E uma delas é não me sentir pressionado a sair de casa e não ter de ligar ou receber telefonemas dando conta de cada minuto do meu dia. Agora eu existo só para mim. E isso é ótimo.

Capítulo II
O convite do Turco

Passei os três meses depois de terminar o namoro praticamente dentro de casa. Como é óbvio, trabalhei normalmente, fiz dezenas de audiências, senti calor vestindo terno e gravata, recebi insuportáveis e-mails com piadas e fiquei horas preso no trânsito. Quando digo dentro de casa, quero dizer que não tive lazer ao ar livre, fora do apartamento, longe do meu mundinho. Curti minhas coisas, meu DVD do Coldplay, o programa da OAB e o joguinho de computador. Às vezes, foi muito duro não ter com quem falar e ficar horas quieto. Nesses momentos, ligava para meus pais ou para o Turco, nos raros minutos em que tinha contato com o mundo exterior. Foi num desses momentos de fraqueza (sexta-feira à noite é difícil para os solitários) que Turco me convenceu a ir a uma festa em sua casa.

— Vamos, rapaz, você já está há quase um ano dentro de casa.

— Um ano? São menos de três meses! Tenho trazido muito trabalho para casa e tenho que me virar para terminar. A pressão está grande lá no escritório. Além disso, sou velho demais, Turco. Tenho 30 anos e esses estudantes têm, sei lá, uns 20 e olhe lá.

— Não vai ser uma turma de 1º ano, Fábio. Eles já estão se formando, são quase jornalistas, maduros, inteligentes.

— Hum... não sei, não.

— Já está confirmado, não tem essa de não sei, não. Amanhã, às nove, aqui em casa. Traz bebida.

— Tudo bem então, Turco. Vejo você amanhã.

Confesso que tive sensações diversas após o telefonema. Senti aquele frio na barriga por ir a uma festa onde conhecia, pelo que sei, só uma pessoa. Mas também senti uma ponta de empolgação, como se fosse a primeira saída depois de anos de prisão.

Capítulo III
O SÁBADO

Veio o sábado, ensolarado e promissor. Ao abrir os olhos, vi que tinha dormido menos do que podia. Oito e quarenta e seis. Aquela não era hora de se acordar num sábado sem trabalho, sem compromissos matinais, com festa à noite. Mas não adiantava: desde que Malu se fora, acordava antes do despertador. E sempre me pressionava a continuar dormindo, mas isso só me fazia ficar mais ansioso e acordado. Passava, então, longos minutos, quase uma hora, contemplando o apartamento ao meu redor. Primeiro o rádio-relógio, com suas letras luminosas e vermelhas, à minha direita; o abajur ao seu lado; meus óculos, para quando estou sem lentes; meus livros de cabeceira (atualmente, dois: um livro sobre Processo do Trabalho e o do jurista italiano Piero Calamandrei, *Eles, os juízes, vistos por nós, os advogados*); a caneca com a inscrição *I love NY*, que ganhei da minha mãe. Depois o quarto: a televisão de 29 polegadas; meu armário, que me esqueci de fechar ontem à noite; meu quadro da Ferrari; a cadeira e a mesa do computador (um laptop, para não ocupar muito espaço); a janela que ficou entreaberta e deixa entrar o sol, que, pelo jeito, está bem forte.

Tomei meu café-da-manhã calmamente. Essa tem sido a refeição em que menos me alimento. Deve ser porque não vou a restaurantes de manhã. Como, geralmente, sucrilhos com leite desnatado. E só. Depois leio os jornais, começando pelas páginas de esportes. Pulo a parte cultural. Maria Lúcia devia ter razão. Não sou culto como deveria.

Após os jornais, pego uma revista velha e vou ao banheiro. Lá, não tenho com o que me preocupar. Posso ficar horas analisando cada reportagem, refletindo sobre a semana que passou e a que virá. A revista trazia uma reportagem de capa sobre o poder interior. Alguns dados citados eram impressionantes[1]:

• o brasileiro trabalha hoje, em média, 51 horas por semana, contra 42 horas em 1980, e a jornada não acaba quando a pessoa deixa o local de trabalho, mas continua via celular e e-mail;

---
[1] Nota do Autor: Revista Veja, de 25 de agosto de 2004.

• o habitante típico das grandes cidades do Brasil gasta em média duas horas por dia no trânsito;

• segundo pesquisa recente, 82% dos brasileiros dos centros urbanos admitem que seu nível de ansiedade é alto (há três anos, 73% afirmavam que se sentiam ansiosos).

Diante desse quadro, conclui a reportagem, o ser humano deve criar uma zona interior de proteção, que inclui as seguintes atitudes: manter uma saudável convivência familiar, meditar, ler por prazer, aprimorar o senso estético, desenvolver a espiritualidade, ter bons passatempos e abraçar boas causas.

Terminei de ler a reportagem e me vesti. De short, camiseta, tênis, MP3 player e boné, fui dar minha tradicional corrida de sábado. Enquanto ouvia meu disco predileto dos Beach Boys (*Pet Sounds*), não pude deixar de refletir sobre o que havia lido e as acusações da M. L. (prefiro, a partir de agora, não dizer o nome de minhas ex, só as iniciais).

Na matéria, um ponto havia me chamado a atenção. De acordo com o americano Mark Edmunson, professor de língua inglesa da Universidade de Virgínia, a leitura é a segunda chance que a vida nos dá para o nosso crescimento pessoal. Somente com ela, podemos desenvolver idéias próprias, conceitos e valores. Sem ela, somos como carneiros que seguem o rebanho.

Seria eu um carneiro que segue o rebanho? Será que minha falta de "cultura" (como disse M. L.) está afetando minha vida? Os dados da reportagem que citei são assombrosos. Eu mesmo fico estressado no trânsito de três a quatro vezes por semana, xingo outros motoristas e, às vezes, corro sem necessidade. Tenho crises de ansiedade quando tenho muitos prazos para cumprir e antes de audiências complicadas. Meu coração dispara inexplicavelmente e começo a suar. Tenho sempre a sensação de falta de tempo. Odeio meu celular e tenho psicose de ler e-mails a cada dois minutos, como se algo importante fosse chegar a qualquer momento e eu não pudesse perder. Até meu lazer se tornou algo tenso. A corrida de sábado, por exemplo, perdeu sua espontaneidade. Corro porque todo mundo que conheço corre e, dizem, faz bem para a saúde. Ir ao cinema para ver filmes de ação já não me atrai tanto: achar vaga no shopping me irrita profundamente. Minhas férias são muito agitadas, como se não pudesse ficar um segundo sequer sem me exercitar, sem ir a algum lugar, numa cobrança louca por mais e mais atividades de lazer. Sempre retorno para o trabalho sentindo que não deu tempo de fazer tudo o que queria, como se não tivesse descansado o suficiente. Isso para não falar nas gripes, amigdalites e sinusites que me assolam de tempos em tempos. Algo estava errado em minha vida. Maria Lúcia, (droga!), M. L. deve ter sido a ponta do iceberg.

O resto do dia seguiu seu rumo normal. Almoço na casa dos meus pais, volta para casa, TV, soneca e um demorado banho. Escolhi uma roupa que me deixasse um pouco mais com cara de universitário (jeans e camiseta) e parti para a casa do Turco. Como seu melhor amigo, achei que não teria problema chegar um pouco mais cedo e ajudar a preparar as coisas. No caminho, parei numa loja de conveniência e comprei algumas bebidas e barras de chocolate. Acho que Turco vai gostar da idéia. Xinguei o motorista de um Uno branco que me fechou no túnel. Ele me mostrou o seu dedo médio. Isso não deve ser saudável para ninguém.

Capítulo IV

Turco, sua festa e Thaís

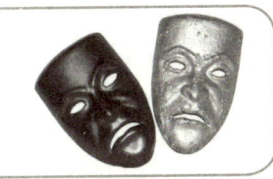

Turco não é descendente de árabes. Seu sobrenome é Pereira de Morais. Mais brasileiro, impossível. Mas, não se sabe por qual ironia genética, Turco tem nariz típico daquela região. Ganhou daí seu apelido. Por cautela, prefiro não chamá-lo de Turco na frente de estranhos, ainda mais seus alunos. Poderia derrubar sua respeitabilidade na faculdade. Imagine um aluno dizer "professor Turco, tenho uma dúvida" ou "eu não estava colando, professor Turco!" Definitivamente, não dá. Ele é professor de fotografia numa faculdade particular de jornalismo. Estudamos juntos desde a infância até o vestibular.

Quando cheguei, Turco já estava pronto na cozinha. Abriu a geladeira e colocou lá minhas compras (inclusive o chocolate). Ele me mostrou algumas fotografias de idosos, que havia tirado recentemente.

Elogiei, mas não vi a profundidade que ele vê naquelas fotos. Começamos a tomar um pouco de vinho. Perguntei a ele quem viria à festa:

— Só o pessoal de um grupo de estudo da faculdade.

— Grupo de estudo de quê?

— De vários assuntos, não nos prendemos a nenhum ponto específico. Os temas são lançados e geralmente alguém faz uma apresentação. Já estudamos textos de semiologia, filosofia, fotografia. Essas coisas em que você não se liga muito.

— São quantas pessoas? Seis, oito?

— Somos oito. Quatro mulheres e quatro homens. Éramos dez, mas dois saíram. Um largou a faculdade, e o outro estava sem tempo.

— Quatro a quatro? É um grupo de casais?

— Não, não. Só tem um casal, a Aline e o Pedro. A Thaís tinha namorado, mas está solteira. As outras duas também são solteiras, a Paula e a Viviane.

— Você falou só das mulheres. Algum interesse em alguém, Turco?

— Nada disso. Mas, já que você perguntou, vou explicando: não estou convidando o grupo com essa finalidade. É um pessoal legal e sempre falamos que temos de combinar de sair, coisa e tal... Hoje é o nosso primeiro encontro fora da faculdade.

— Verdade?

Foi quando tocou o interfone. Era o casal Pedro e Aline. A festa estava começando.

Primeiro foi o casal, ambos com os cabelos grandes e desgrenhados. Ele vestia uma camiseta preta e calças jeans, enquanto ela usava um vestido que ia até o pé. Depois chegaram Paula, Viviane, Caio e Hudson. Paula tinha os cabelos lisos e curtos, com prendedores das Meninas Superpoderosas, e fazia um estilo gótico – estava de calça, camisa, sapatos e cabelos pretos, em contraste radical com sua pele clara. A Vi (como era chamada) era muito baixa, com um rosto de feições delicadas. Seus cabelos castanhos e enrolados, soltos, combinavam bem com seu rosto pequeno. Não era nenhuma beleza estonteante – era a famosa bonitinha. Formamos um grupo divertido. Caio e Hudson eram os típicos universitários: camisetas e jeans. A conversa era interessante, recheada de casos da faculdade, fofocas de professores e alunos, além da retomada de debates teóricos dos encontros semanais. Ria mais do que participava e me divertia enquanto comia queijos. Foi quando chegou Thaís.

O interfone tocou e Turco foi recebê-la na porta. Ainda me lembro como se fosse hoje: tocava aquela música *Bizarre Love Triangle*, na versão da banda Frente (originariamente do New Order), quando ela apareceu na porta. Seus cabelos castanhos tinham um equilíbrio perfeito com seus olhos verdes, tudo combinado com o nariz pontiagudo com poucas e charmosas sardas. Tinha uma sutil superioridade, nada arrogante, mas uma natural conseqüência do efeito de sua beleza sobre nós, homens. Ela entrou e foi saudada pelo grupo. Cumprimentou todos, e eu fiquei por último. Vi na sua cara a surpresa de encontrar um "de fora" na festa. Eu era o penetra que precisava de explicação – a cargo do Turco, claro: "este é o meu amigo Fábio, advogado". Após os beijos no rosto de praxe, a festa seguiu seu rumo, de uma maneira bem mais interessante para mim.

Os assuntos não mudaram muito: faculdade, fofocas inocentes, etc. Estávamos todos na sala do apartamento. Tocava Nando Reis (*All Star azul*...) quando ela me dirigiu a palavra pela primeira vez:

— O Felipe me disse que você é advogado. Trabalha em que área?

— Sou advogado trabalhista.

— Meu tio é advogado também, mas acho que ele pega de tudo: divórcio, despejo. Um monte de coisa. Acho que trabalhista também.

— Qual o nome dele?

— Inácio Torres. Conhece?

— Não. Mas é tanta gente, às vezes já nos esbarramos nos fóruns da vida.

Fóruns da vida? Onde eu estava com a cabeça para falar uma expressão tão bisonha assim?

— É, pode ser.

— É...

O assunto estava para morrer, meu nervosismo estava me atrapalhando. Devia ser o fato de eu estar completamente fora de forma no trato com o gênero feminino. O vinho, por incrível que pareça, não ajudou também.

— O Fábio mora no seu bairro, Thaís! Ele corre todo sábado de manhã. Vocês já devem ter se esbarrado – Turco foi um bom amigo me tirando da desagradável posição de chato sem assunto.

— Você corre também? Que legal! Sua cara não me é estranha...

— Nem a sua – disse isso só por dizer, já que aquele rosto não me passaria despercebido nunca, jamais. – Você mora por ali?

— Moro na Rua Moreira Canguçu e você?

— Na Pinto Neto, somos praticamente vizinhos. Você pega filmes na Video Planet?

— Claro, sou muito amiga do Claudinho, o dono, sabe? Tem uma boa sessão de filmes de arte, que eu adoro.

— Eu também gosto muito – por que fui dizer isso? Eu não gosto de filme-cabeça. Acabei me colocando numa situação muito difícil, só para agradá-la. E se a próxima pergunta for sobre meu filme de arte predileto? *Matrix* vale? E *Duro de Matar*? A seqüência da *Pantera Cor de Rosa*? Por que mentir por ela? Achei melhor me antecipar: — Qual o seu cineasta predileto?

— Gosto muito do Bergman e do Felinni. O Kubrick também tem uma linguagem interessante.

Nesse ponto, não sei se foi por causa dos nomes, mas nossa conversa ganhou a atenção de todos, e um debate acalorado se iniciou. O casal Pedro e Aline começou a falar mal do último filme do falecido Kubrick (*De Olhos Bem Fechados*), Caio defendeu, Paula também, Hudson estava muito bêbado e só cantava músicas estranhas em espanhol, mas disse que preferia o Bergman. "Que Bergman?", fiquei pensando, quando, de repente, do nada, a tal da Viviane me perguntou:

— De qual filme do Bergman você gosta mais?

Um silêncio tomou conta da sala. Por azar do destino, o CD parou de tocar no exato momento em que a Viviane me fez a pergunta fatal, exatamente como acontece nos filmes. Até hoje, só havia ouvido falar de Ingrid Bergman, mas algo me dizia que não era dela que esse pessoal estava falando, afinal ela tinha dito "do Bergman". Usei uma saída (sou um advogado, é meu dever encontrar saídas).

— Qual foi mesmo, Turco, aquele que nós assistimos há pouco tempo? Foi bem profundo e reflexivo – foi um movimento arriscado. Turco não é muito bom com essas coisas de última hora. Mas funcionou, embora seu rosto denunciasse sua surpresa com minhas facetas de mentiroso.

— *Morangos Silvestres*.

— Isso mesmo! *Morangos Silvestres*. Imperdível.

Thaís concordou:

— É o meu favorito também! Que coincidência. Mês passado fui pegar na Planet para rever e estava alugado. Aposto que estava com você!

Soltei um riso nervoso e pedi licença para ir ao banheiro, rezando para que a conversa tomasse outros rumos. Nunca fingi ser algo que não fosse. Na festa do Turco, eu me tornei um conhecedor da Sétima Arte. Muito estranho. Quando voltei, Hudson estava explicando as diferenças entre os vinhos que rolavam na festa, mas duvido que alguém estivesse entendendo. Pedro e Aline foram se beijar na janela. Minhas preces haviam sido atendidas.

Lá pelas três da manhã, todos resolveram ir embora. Turco me puxou num canto:

— O que foi aquilo? Tá maluco? Você nunca viu *Morangos Silvestres* comigo! Você só aluga aquelas porcarias.

Não deu tempo para mais nada. Thaís apareceu depois de pegar sua bolsa no quarto. Descemos no elevador. Hudson gritava que a noite era uma criança e que devíamos todos acompanhá-lo até o boteco mais próximo, seguido de um estranho "Viva Che" (seria esse o nome do boteco ou apenas um grito?). Esperei a resposta de Thaís. Viviane se animou, Caio também. Pedro e Aline davam mais beijos e disseram que iriam para casa (ou para um motel?). Paula disse que estava cansada e queria dormir. Thaís lhe ofereceu carona e recusou a oferta de Hudson. Que bom. Se ela fosse para o boteco, eu iria também, só para acompanhá-la, embora já estivesse esgotado. Minha única missão agora era conseguir seu número de telefone, o que não era nada fácil com o grupo a cercando.

Tive então uma luz, justamente no momento em que o grupo começava a se desfazer. Tomei a iniciativa da despedida:

— Gente, foi muito legal a noite. Adorei conhecer vocês – todos concordaram; Hudson disse que me amava, embora só me conhecesse há algumas horas, e que poderia mandar matar meus inimigos, caso me interessasse. Continuei: — Vamos ver se combinamos outra saída. Vou pegar o telefone de vocês, e a gente se liga!

Foi um bom movimento. Peguei o telefone de várias pessoas para as quais não ligaria, mas UM número de telefone valia muito para mim. Muito.

Despedi-me de todos e fui para casa. Confesso que há muito tempo não me sentia tão animado com alguém.

Capítulo V
O dia seguinte

Nove horas e treze minutos. As luzes vermelhas do rádio-relógio me diziam que dormi pouco, afinal fui deitar eram quase quatro horas da manhã. O primeiro pensamento que me veio à mente foi a festa e sua protagonista, Thaís. Meu celular atraiu minha atenção: em sua memória, estava o telefone que conseguira com tanta dificuldade na noite passada. Agora era esperar a melhor hora para ligar. Provavelmente, ela dormiria mais do que eu. Melhor seria ligar durante a tarde e convidá-la para um bar ou algo informal. Só Deus sabe a ansiedade de um homem até o momento de ligar pela primeira vez para uma mulher. E isso é uma regra geral. Até telefonar para mulheres que tinham me visto nu logo no primeiro encontro era difícil e me deixava nervoso. Ainda mais nesse caso em que a mulher é linda, inteligente e bem mais nova que eu. Quantos homens ela deve ter na sua cola lá na faculdade? Quantos ex-namorados pedindo para voltar? Por que ela haveria de querer algo com o amigo do professor de fotografia, um advogado que corre aos sábados e mente sobre filmes? Melhor deixar para lá. Que a ansiedade corra solta em minhas veias até o meio da tarde.

Levantei cambaleante e fui até a cozinha comer meus sucrilhos com leite desnatado. Coloquei meu boné, short, camiseta, tênis e fui correr. Nunca corro aos domingos, mas, naquele dia, resolvi esquecer minha TPT (tensão pré-telefonema).

Capítulo VI
A corrida, o após e as conseqüências

Estava muito cansado para fazer o percurso inteiro. Já havia corrido no dia anterior, e meu sono não foi dos melhores. Logo após o início da corrida, escolhi um novo trajeto inconscientemente (alguém acredita?), que me levava à região próxima à locadora Video Planet e à rua de Thaís. Enquanto corria, imaginava em qual daqueles prédios ficaria o apartamento dela. É muito estranho nosso pensamento quando criamos o interesse por alguém. Já imaginava minhas tardes de sábado com ela, nossa foto no porta-retrato da cabeceira e outras coisas idiotas e românticas desse tipo. Todas bem irreais, idealizadoras, pois todos os que já passaram por relacionamentos sabem que nem tudo são flores, muito pelo contrário. E sempre chega o dia em que a sensação de descoberta das diferenças acaba e nos tornamos, na maioria das vezes, indiferentes àquela pessoa por quem nos apaixonamos. Somente os artistas da alma encontram o amor após o término da fase das novidades. Era isso o que eu queria a partir de agora em minha vida: o verdadeiro amor.

A corrida foi em vão. A quem enganava? Obviamente não correria num domingo pós-noitada se não fosse por uma mulher interessante, com o objetivo de esbarrar casualmente, em vez de passar pelo constrangimento de ligar. Mas deu errado, me cansei inutilmente. Tomei meu banho ouvindo Radiohead (The Bends), gritando alto a letra da música *Black Star*. Ah, a empolgação de um homem na iminência de uma paixão...

Fui almoçar num restaurante italiano perto de casa, o Mama Firenze. Pedi o de sempre: lasanha à matriciana e Coca Zero com gelo, sem limão, por favor. Enquanto me perdia nos mesmos pensamentos de solidão e companhia, sozinho na mesa próxima à entrada, senti um toque no ombro esquerdo. Virei-me: Thaís.

— Oooi! Há quanto tempo que não nos vemos! – acho que me saí bem com essa piadinha antiga.

— É mesmo, há quanto tempo! Você, além de correr por aqui, vem comer no Mama, que coincidência. Este é o meu irmão, Lucas. Este é o Fábio.

Cumprimentei seu irmão, mais novo que ela.

— Já comeram?

— Já. E aí, gostou do pessoal ontem? Não é muita gente que agüenta tanto papo-cabeça...

— Foi muito legal. Aquele Hudson é uma figura.

— É mesmo. Ele mata a gente de rir.

Nesse momento, tentava criar uma maneira de incluir um convite ou algo que me permitisse manter contato por mais uma vez. Saí com esta:

— E hoje, o grupo vai debater algum tema num bar qualquer?...

— Não, hoje é cada um por si. Eu vou a um concerto na Sala Radamés Gnatalli. Parece que vai ser bem legal.

— Concerto? Que legal, eu adoro – lá estava o Fábio mentiroso atacando novamente, rezando para que ela não me pedisse para falar o nome da sala de novo.

— Você quer ir? Tem um convite sobrando lá em casa. Eles sempre oferecem para o meu pai. Ele não vai, e eu iria sozinha mesmo.

— Tem certeza que está sobrando? Eu adoraria ir, de verdade.

— Então vamos! Vai ser bom ter companhia. Não é fácil arranjar alguém para assistir concertos.

— Eu também sempre tenho problema com isso.

"Eu sou uma fraude", pensei.

Combinamos que eu a pegaria em sua casa às sete e meia. Nem é preciso dizer, foi um almoço magnífico. Minha alegria não podia ser contida, nem mesmo pelo garçom mal-humorado que insistia em me ignorar. As pessoas deviam passar pela minha mesa e ver um sorriso discreto, mas orgulhoso nos lábios. Minha sorte foi enorme. Ao fim do almoço, entretanto, um pensamento surgiu incomodamente: minha mentira sobre meu gosto e conhecimento de música clássica poderia colocar tudo a perder. Teria sido muito mais fácil para mim, além de honesto, dizer que queria ir por causa dela – e que, por ela, eu aprenderia a gostar de Beethoven e companhia. Mas não – o medroso aqui teve que inventar mentira para conquistar a linda mulher. Agora a má ação já estava feita. A solução seria aprender alguma coisa para não fazer feio.

Capítulo VII
O E-MAIL DO TURCO – APRENDENDO MÚSICA CLÁSSICA

Cheguei em casa e olhei na internet a programação da sala. Liguei para o Turco e pedi informação sobre Bach e Mozart, os compositores da noite. Ele me disse que passaria por e-mail algumas noções básicas sobre compositores e música clássica. Disse para ele ser rápido.

Três horas e onze minutos depois, conferindo meus e-mails pela centésima vez, deparei-me com o do Turco, cujo título era curioso e seria até ofensivo, não fosse a mais pura verdade.

De: felipmarcoturco@....com.br
Para: fabioadv@....com.br
Assunto: Aulas para um mentiroso conquistador

Fábio, meu amigo,

Suas mentiras vão acabar salvando você. Ainda que seja para conquistar uma mulher, é sempre válido alguém criar interesse pela arte. Na vida profissional, você vai bem: ganha dinheiro, dedica-se e tem reconhecimento. Seus gostos são aceitáveis. Você adora boas bandas e detesta a indigência cultural de músicas axé-erótico-interativas. Talvez este seja o tempo de você dar O SALTO para um novo nível cultural. A música clássica (um bom começo para O SALTO) é a mais misteriosa e representa um grande desafio – por isso, é a mais divertida. Assim que estiver mais familiarizado com ela, você vai ter pequenos prazeres e recompensas, como identificar uma música; depois, ao ouvir uma música diferente, você poderá identificar o compositor pelo estilo. Mas isso não é o mais importante. O que fica é o prazer maior de deixar essa música penetrar e abrir espaços no seu entendimento, aumentando sua compreensão dos seus sentidos e do mundo. Ela é, sobretudo, diversão, entretenimento, relaxamento. Por isso, não ligue para os prepotentes que sempre estão por aí, falando sobre as diferenças entre estilos, com linguajar pomposo e arrogante, ou prometendo a sabedoria de um monge tibetano devido ao seu avanço cultural. Não se intimide com eles e divirta-se! Provavelmente, eles fingem entender tudo sobre vinho também.

De que forma iniciar você, Fábio, meu amigo de infância? Pesquisando rapidamente na minha modesta biblioteca, encontrei um livro que certamente vai nos ajudar, "Classical Music – the 50 greatest composers and their 1,000 greatest works", de Phil G. Goulding. Lá, encontramos um ranking (tão típico dos americanos) dos maiores compositores clássicos. Aqui segue o ranking, reduzido aos 20 primeiros, com o estilo de cada um e sua *nacionalidade*:

IMORTAIS

1. Johann Sebastian Bach (1685-1750) – Barroco – alemão
2. Wolfgang Amadeus Mozart (1756-1791) – Clássico – alemão
3. Ludwig van Beethoven (1770-1827) – Clássico – alemão

SEMIDEUSES

4. Richard Wagner (1813-1883) – Romântico – alemão
5. Franz Joseph Haydn (1732-1809) – Clássico – alemão
6. Johannes Brahms (1833-1897) – Romântico – alemão
7. Franz Schubert (1797-1828) – Clássico/Romântico – alemão
8. Robert Schumann (1810-1856) – Romântico – alemão
9. George Frideric Handel (1685-1759) – Barroco – alemão
10. Peter Ilyitch Tchaikovsky (1840-1893) – Romântico – russo

COMPOSITORES DE GÊNIO

11. Felix Mendelssohn (1809-1847) – Romântico – alemão
12. Antonín Dvořák (1841-1904) – Romântico – tcheco
13. Franz Liszt (1811-1886) – Romântico – húngaro
14. Frédéric Chopin (1810-1849) – Romântico – polonês

15. Igor Stravinsky (1882-1971) – Século XX – russo
16. Giuseppe Verdi (1813-1901) – Romântico – italiano
17. Gustav Mahler (1860-1911) – Romântico – alemão
18. Sergei Prokofiev (1891-1953) – Século XX – russo
19. Dmitri Shostakovich (1906-1975) – Século XX – russo
20. Richard Strauss (1864-1949) – Romântico – alemão

Não se deve condenar o ranking, como se comparar fosse um pecado ou uma ofensa aos gênios da música. Como o próprio Phil diz, ele fez por diversão. Nós, brasileiros, não somos muito chegados a rankings, ao contrário dos americanos. Eu posso discordar num ponto ou outro, mas nada tira o mérito da tentativa de separar (e comparar) alguns gênios por sua contribuição para a história da música. O próprio autor do ranking assume suas limitações: num determinado ponto da genialidade, fica difícil saber quem é melhor.

Outro ponto merece ser ressaltado: o autor cita outros compositores que, na opinião dele, poderiam estar entre os artistas de alta ordem. E lá está o nosso Heitor Villa-Lobos (1887-1959). Como se percebe, cada uma pode fazer o seu ranking pessoal. O do Phil é a sua maneira de nos provocar para fazer despertar o interesse pela música clássica.

Mas vamos ao que pode ajudá-lo hoje à noite com a Thaís (quem diria, você nem queria ir à festa...). Abaixo dou uma breve explicação sobre a organização do som.

ORGANIZAÇÃO DO SOM

Os compositores usam seis elementos para organizar sua música.

1. **Ritmo**, que é o movimento, é aquilo para o qual batemos os pés quando ouvimos. O relógio tem um ritmo (o tique-taque). O ritmo é composto da métrica (ou seja, a medida do ritmo) e do tempo, que dita a velocidade. A métrica ensina o que é acentuado. O compositor geralmente usa palavras tradicionais italianas para indicar ao músico se a interpretação deve ser devagar ou mais rápida. As mais comuns são:

Largo (muito devagar)
Grave
Lento (devagar)
Adágio
Andante (moderado)
Andantino
Moderato
Allegretto
Allegro (rápido)
Allegro molto (muito rápido)
Vivace
Presto
Prestissimo

2. **Melodia:** a melodia é criada por um número de notas musicais tocadas sucessivamente. Os leigos costumam preferir melodias fáceis de memorizar, aquelas que assobiamos após escutar. No entanto, não é necessária uma melodia forte para se fazer uma composição de sucesso.

3. **Textura:** a melodia é horizontal (uma nota depois da outra). Textura é aquilo que se soma àquela linha de notas. Um jeito de se conseguir isso é através da harmonia. Sozinho não se faz harmonia. Por exemplo, seria necessária uma companhia no banho (quem sabe a Thaís?), para que você conseguisse harmonia na sua cantoria no banheiro. Harmonia dá profundidade à música. Se a melodia é uma sucessão de tons, a harmonia é uma combinação de tons simultâneos. A música harmônica (três ou mais notas tocadas ao mesmo tempo de forma combinada, agradável) dá sensação de paz. A dissonante é escolhida pelo compositor para criar uma tensão.

4. **Timbre:** cada instrumento usado tem o seu timbre ou cor. Por exemplo, a flauta tem um timbre diferente do trombone, mesmo que toquem a mesma nota.

5. **Forma:** é o formato "arquitetônico" escolhido pelo compositor. Existem as estruturas rígidas e livres. Uma composição livre

é mais difícil para um amador, assim como uma escultura sem forma. Como Aaron Copland descreveu, formas musicais, tais como longas novelas, podem ser divididas em Livros I, II, III e IV. No mundo musical, estes seriam chamados de movimentos. Cada livro teria vários capítulos. Para o compositor, as seções. O escritor usa palavras; o compositor, notas. Iniciados em música gostam de enfatizar uma lei básica da estrutura musical, seja qual for a forma escolhida: repetição e contraste (ou unidade e variedade).

6. **Tonalidade** (tom): Toda vez que você lê o nome de uma música, e ela diz algo com alguma letra (p.ex.: Serenata para cordas em E maior), trata-se da tonalidade. É o tom que o compositor utiliza para situar sua música, dando-lhe coerência. Este é um item um pouco mais complexo, mas cada letra significa uma nota. Para mim, que estudei violão dos 11 aos 16 anos, é fácil fazer a associação.

Bom, como você está sem tempo, segue uma aulinha básica sobre os compositores da sua noite. Por sorte, você terá uma boa iniciação, por coincidência, com os líderes do ranking que expus acima.

1) JOHANN SEBASTIAN BACH (1685-1750)

Nas palavras de Fábio Maria Carpeaux, no seu Livro de Ouro da Música (Ediouro), "é adorado como o Espírito Santo da nossa arte, vivificando todo o corpus mysticum da música". Para muitos, Johann Sebastian Bach, Wolfgang Amadeus Mozart, Ludwig van Beethoven, William Shakespeare e Michelangelo Buonarroti permanecem juntos no pico da cultura ocidental. Bach soube, como ninguém, sincronizar o mundo terreno com o espiritual. Ele é o ponto culminante da música barroca. Como já foi dito, nenhum outro compositor teve a capacidade de realizar e perceber todas as possibilidades dentro de um determinado contexto musical.

Descendente de uma família de músicos, Bach teve educação religiosa e formação erudita. Foi músico profissional, preocupado em sustentar sua família de 15 filhos. Homem de Deus, nasceu em Eisenach, onde seu pai era um respeitado violinista e violista. Logo, cresceu cercado de música.

Bach não é visto como um criador espontâneo, como Mozart, nem alguém que modelava trovões e raios, como Beethoven. Sua própria explicação era: "Eu trabalho duro." E isso era verdade. Nas palavras de um autor (e que são ótimas para uma boa conversa no seu encontro), Bach possuía:
– suprema maestria técnica
– uma mente analítica e profunda
– crença em Deus
– paixão e compaixão
– gênio melódico
– na verdade, genialidade, pura e simples
– convicção de que a música feita pelo homem almeja ser uma eufonia harmônica para a glória de Deus

INICIAÇÃO A BACH

Seria até fácil iniciá-lo em Bach. Compre qualquer CD e será um excelente começo. Mas segue uma dica para começar a ouvir Bach:

1) Concerto em D menor para Dois Violinos
2) Concerto Brandenburgo nº 2
3) Toccata e Fuga em D menor
4) Cantata nº 140, Wachet Auf
5) Missa em B menor

Os números 1 e 2 são trabalhos orquestrais. O 3 é de órgão. Já 4 e 5 são trabalhos vocais.

Já dá para você correr atrás por sua conta. Agora, Mozart.

2) WOLFGANG AMADEUS MOZART (1756-1791)

Considerado o maior gênio natural da música. Alguns acreditam que ele é o maior gênio de todas as artes. Schumann escreveu: "Existem coisas no mundo sobre as quais nada pode ser dito, como a Sinfonia em C Maior (nº 41), muito de Shakespeare e páginas de Beethoven." Haydn o descreveu como o melhor compositor de que ele tinha conhecimento e disse isso ao pai de Mozart: "Diante de Deus e como homem honesto eu lhe digo que o seu filho é o maior compositor que conheço, pessoalmente ou por nome. Ele tem gosto e, o que é melhor, o mais profundo conhecimento de composição."

É fácil gostar da música de Mozart. Ele teve reconhecimento em seu tempo (lembra o filme Amadeus?). Mas teve um final trágico. Do filme, nem tudo é verdade. Existiu, realmente, Antonio Salieri em sua vida, músico mais prestigiado que Mozart pelo imperador Joseph. É verdade que Mozart, perto da morte, delirante, acreditava que Salieri tentava envenená-lo, embora não exista nenhuma prova contra ele... É verdade que um estranho de capa preta apareceu na porta de sua casa e lhe pagou para compor um réquiem. Mas esse estranho era um tal de Leutgeb, que queria usar a música de Mozart para dizer que era sua. Ele realmente morreu sofrendo, enquanto escrevia o inacabado réquiem. Poucas pessoas acompanharam seu caixão debaixo de uma chuva violenta, e seu túmulo não tinha nome ou identificação.

Mozart nasceu em Salzburg, hoje na Áustria. Lá, trabalhava com o arcebispo. No entanto, desejava se libertar dos rigores de Salzburg. Por isso, foi para Viena, tentar a sorte com o amante da música imperador Joseph.

Mozart é mais rico em invenção melódica do que qualquer outro compositor, como diz Carpeaux.

INICIAÇÃO A MOZART

Mais uma vez, é difícil limitar as obras dele a somente algumas. Vamos tentar:

Sinfonias:

1) N? 40 em G menor [K. 550]
2) N? 41 em C (Júpiter) [K. 551]

Outros trabalhos orquestrais

3) Concerto para Piano n? 21 em C [K. 467]
4) Serenata para Cordas em G (Eine kleine Nachtmusik) [K. 525]

Vocais

5) A Flauta Mágica (Ópera) [K. 620]

Ufa! Chega, não agüento mais escrever este e-mail. Desculpe a demora, mas acho que vai entender. Boa sorte com a Thaís.

Abraço,

Felipe Marco

Capítulo VIII

Até a noite chegar e seu início

O e-mail foi um começo meio complicado para mim. Li, entendi, mas faltava a experiência para captar aquilo tudo. Quanto aos compositores da noite, gostei muito da história de ambos. Mozart era mais familiar para mim – meu pai tinha o filme Amadeus e eu já o tinha visto duas vezes. Pelo que captei do texto do Turco, os dois são figuras centrais da música clássica. Se pensar bem, tive sorte. Seria um bom começo. Agora era esperar a hora de buscar Thaís.

Não foi fácil. Depois do almoço de surpresas e alegrias e a espera do e-mail do Turco, só pensava na vergonha pela qual passaria, caso fosse buscar Thaís completamente ignorante em relação ao evento da noite. Por isso, minha atenção deveria se voltar inteiramente para o texto.

Depois de ler as informações, eu me ocupei com o aprendizado daquilo tudo. Decorei algumas frases de efeito, inteligentes, mas não comprometedoras. De Bach, poderia dizer "é um gênio melódico". Duvido que haja discordância. Sobre Mozart, pensei em soltar a seguinte: "e pensar que muita gente acredita que tudo do filme é verdade...". Seria uma boa? Não sei. Ela pode achar isso arrogante ou pode acreditar no filme. Melhor mudar para "Haydn o considerava o melhor". Demonstra cultura.

Tomei meu banho ansiosamente. Recebi um telefonema de minha mãe, perguntando se iria comer pizza com ela e meu pai. Disse que tinha combinado de ir a um concerto. Minha mãe, surpreendida, perguntou:

— Com quem? Com o Felipe?

— Não, mãe. Com uma garota.

— Quem?

Essa típica frase materna, perfeitamente adequada a esse típico diálogo materno, não me surpreendeu. Estranhamente, até então, eu ainda tinha uma ínfima esperança de que ela não faria essa pergunta.

— Você não conhece.

— Espero que seja boa moça. Pelo menos parece diferente querendo levar você para um concerto – ela deu uma parada... não viria coisa boa. — Sabia que encontrei com a mãe da Maria Lúcia naquele jantar beneficente do Rotary?

Infelizmente, meus pais e os da M. L., minha ex, eram membros do Rotary.

— Que bom – falei secamente.

— Ela me disse que Maria Lúcia foi aprovada no mestrado.

Silêncio.

— Fábio?

— Que foi, mãe? Tenho que ir embora! Tô atrasado.

— Está bem. Bom programa.

— Mande um abraço para o pai. Beijo.

Peguei a chave do carro e fui buscar Thaís. Marcamos sete e meia no prédio dela. Todos os que me conhecem sabem: sou extremamente pontual.

Sete e vinte e sete estávamos eu e meu Golf usado embaixo do prédio dela. Dois minutos depois, ela apareceu, também pontual. Enquanto ela caminhava, saí do carro para abrir a porta, um gesto cavalheiro que minha prima disse que toda mulher adora. Foi quando pude reparar nela: estava estonteante, obviamente um pouco mais formal para o concerto, com uma camisa azul-clara de botões, uma blusa amarrada em volta do pescoço jogada sobre os ombros, a maquiagem de toques leves, o batom claro, cor da pele, e o cabelo solto. Ela realmente era muito bonita. Linda. De tirar o fôlego. Nós nos cumprimentamos com dois beijos no rosto.

No caminho, tive que criar um bom ambiente para quebrar o constrangimento natural dessas situações. Falei sobre o prédio onde ela morava (algo como "parece bom esse prédio, nunca entrei nele"), sobre o meu prédio, sobre a minha mudança da casa de meus pais para meu apartamento, etc. Rendeu bem até que chegamos ao local do concerto.

Capítulo IX
O concerto

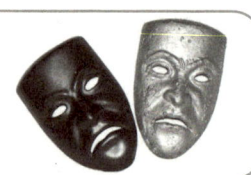

Depois de acomodados em nossos assentos, pegamos o panfleto contendo a programação. Até então, havia esquecido meu falso personagem entendido em música, literatura e artes em geral. A tensão havia voltado. Enquanto ela lia, resolvi me antecipar (uma tática que constantemente uso, sabendo dos riscos).

— Foi uma bela escolha. Bach era um gênio melódico.

— Sem dúvida. Você ouve muito?

— Ouço bem, ouço bem... Vario muito, sabe. Gosto de rock, também. Muito. Mas os clássicos são os clássicos.

— Gosta dos *Concertos de Brandenburgo*?

Eu havia feito meu dever de casa. No e-mail do Turco, estava lá o concerto número 2.

— Demais, principalmente o número 2. O Felipe adora também, sabia?

Eu estava dominando a situação. O nervosismo já desaparecera, eu controlava bem as mentiras.

Entrou a orquestra. Fez-se silêncio. As notas começaram.

No início, prestei atenção nos músicos e seus movimentos. Depois na música.

E foi um ótimo momento. Cada músico produzindo, cumprindo seu papel para criar uma sonoridade única. Ouvimos o *Concerto de Brandenburgo nº 1*. A primeira impressão que tive foi que já tinha escutado algo parecido (isso deve acontecer com muita gente, quando se inicia em música clássica). Depois de um primeiro movimento mais alegre, o segundo foi mais devagar, mas leve e bonito. Não poderia ter tido um melhor primeiro contato – devo confessar que tive alguns momentos de desconforto e impaciência na cadeira, mas eram superados pelo meu sincero desejo de entender aquela criação humana, tão complexa e tão agradável. Por que poucas pessoas têm interesse (e paciência) de criar gostos mais sofisticados? Eu sou um exemplo. Gosto de prazeres rápidos e fáceis. Músicas pop ou rock. Não leio muito, só o necessário. Até este momento, tinha aversão por música erudita. Thaís me fez abrir os olhos. Deve haver uma boa quantidade de pessoas que expandiram suas mentes por áreas nunca antes exploradas. Eu poderia me tornar uma delas. Levei uma vida medíocre até agora. Tinha preconceitos sobre o tipinho cult. Para mim, eles eram uns arrogantes, metidos a olharem para o mundo de um jeito que eu não olho. Mas Thaís não é nada disso. Ela é simples. Se minha motivação verdadeira é o interesse que tenho por ela, não me importa. Prefiro acreditar que não: uma predisposição genética existe em mim, ela é somente a puxada do gatilho que me faltava. Eu não queria mais ser um seguidor passivo do rebanho humano. As reportagens da revista me vieram à cabeça. Estava chegando a hora de Fábio criar uma zona interior de proteção.

Capítulo X
Pós-concerto e muitas dúvidas

Depois de Bach, veio Mozart. Meus pensamentos foram muito longe enquanto me convencia que hoje seria o primeiro de muitos dias até me tornar alguém culto (pensava: "a M. L. irá me odiar quando souber que fui a um concerto!"). Mas, ao retornar à música, adorei estar ali. Mesmo nos momentos de distração, voltava ao concerto, com o firme propósito de sentir a música, não pensá-la. E assim, nessa luta entre o antigo Fábio (distraído e impaciente) e o novo (concentrado e sensível), fui até o fim do concerto.

No fim, bati palmas, atento à reação de Thaís. Ela se virou para mim:

— Foi lindo, não foi?

Seus belos olhos me fascinavam. Concordei com um leve movimento de cabeça. Na saída, convidei-a para um café ali perto.

Lá conversamos tranqüilamente. Nada de música ou filmes – concentramos em outros tópicos (família, infância, estudos), o que foi ótimo para mim. A tensão desapareceu totalmente.

Ao levá-la para casa, dentro do carro, tentava imaginar um jeito, uma técnica para beijá-la pela primeira vez, um desafio de grandes proporções para um homem diante de uma mulher como ela. Minhas indagações eram muitas: quando me aproximar? No final? Por que não tentei na cafeteria? Como não nos deixar constrangidos? Será que ela saiu comigo com a finalidade de beijar ou queria somente um amigo? Não, não pode ser... Uma mulher não sai com um homem que acaba de conhecer para fazer amizade. No meu tempo, meus amigos adolescentes diriam "essa mulher tá te dando mole". Hoje, contudo, existe esse negócio de homem amigo de mulher. Eu posso ser um novo amigo aos olhos dela. Será que ela acha que sou gay? Tenho que tentar beijá-la, senão ela vai achar que sou. Deixe de ser preconceituoso. Homem e mulher podem ser amigos... Mas e aquele filme, *Harry e Sally*? Não existe amizade entre homem e mulher...

— Fábio – ela me chamou, como que me tirando de um transe. –

Você passou da entrada para a minha rua. Agora vai ter que dar aquela volta enorme pela...

— Estava distraído. Pensando na nossa noite agradável. Foi, não foi?

— Foi o quê?

— Agradável. Nossa noite.

— Foi ótima. Espero repetir.

Aquela tinha sido a minha senha. Esta é uma teoria que eu e meus amigos de noitadas desenvolvemos: a sedução é feita de troca de senhas. Por exemplo, num clube noturno, no meio da barulheira ensurdecedora, suas chances são muito reduzidas com as mulheres. Mas cada uma delas tem uma senha. Se você souber ou acertá-la por sorte, conseguirá a garota. Exemplo: uma vez, no meio de uma conversa com uma garota, disse que meu episódio predileto do seriado *Friends* era um da praia, coincidentemente, o mesmo que ela amava; ela se virou para a amiga e disse "eu não acredito que ele também gosta desse episódio" – era a sua senha. Minutos depois, ela me beijava como se eu fosse um príncipe encantado – detalhe final: eu chutei o seriado, era o único que me vinha à cabeça. Infelizmente, na maioria das vezes, erramos a senha. Algumas vezes, porém, elas, as mulheres, podem ajudar nos dando suas senhas. Embora raro, esse fenômeno poderia estar acontecendo agora no carro. "Espero repetir" era uma senha.

Dei a volta para retornar até a sua rua. Parei o carro na frente do seu prédio. Coloquei meu CD com a coletânea do Fleetwood Mac. Começou a tocar *You Make Loving Fun*.

— Então é isso – ela disse.

— É. Adorei a noite. Você foi ótima companhia.

— Obrigada. Você é que foi.

Ficamos parados olhando um para o outro. "É agora! Vá devagar, mas vá", pensava, enquanto meu coração parecia querer escapar do meu peito e voar para longe do meu corpo como um filhote de alien. Enquanto criava a maldita coragem, ela disse.

— Então eu vou indo – e me deu um beijo no rosto.

Quando ela se virou para abrir a porta e ir embora, não pude me conter.

— Espere. Quero falar mais uma coisa.

Quando ela me encarou com seus olhos verdes, eu disse a primeira coisa que veio à minha cabeça, o que considero um grande clichê.

— O que eu quero dizer não pode ser dito com palavras.

Passei minha mão direita sobre seus cabelos lisos. Ela aceitou passivamente. Aproximei meu rosto do dela e a beijei carinhosamente. Ela passou seu braço direito sobre meu ombro esquerdo. Foi tudo perfeito, com muita ternura. Por mim, não a largaria, a levaria para minha casa naquela noite.

Após o primeiro beijo, nós nos olhamos e sorrimos.

— Você é tão linda. Como pode alguém ser tão linda?

— Pare com isso, assim você me deixa sem graça.

Olhamos um para o outro por mais alguns segundos, em silêncio. Ela disse:

— Não é seguro ficarmos dentro do carro por aqui. Acho melhor eu subir.

Nós nos beijamos e nos despedimos. Esperei que ela entrasse no prédio. Aumentei o volume do carro e gritei a letra das músicas enquanto dirigia em meio a um engarrafamento inesperado. De volta ao meu apartamento, minha excitação não me deixava dormir. Agitado, coloquei Pink Floyd para acalmar. Ao som de *Comfortably Numb*, dormi o sono feliz dos apaixonados.

Capítulo XI
De volta à antiga rotina?

Acordei animado, como não? Estava passando por um momento único em minha vida. Uma nova mulher, mais bonita, inteligente e interessante que as anteriores. Além dela em minha vida, tomei decisões que mudariam meu modo de ser: deixaria de ser apenas mais um advogado que gosta de rock (e nada mais) e partiria para um aprofundamento da minha compreensão do mundo. As revistas começaram o processo ao dizer que eu era mais um no rebanho. Thaís me forçou a continuá-lo. Ampliar horizontes, avançar por trilhas difíceis, mas recompensadoras. Expandir o intelecto – como alguém pode ser contra isso?

No trabalho, enquanto pesquisava jurisprudências para um recurso ordinário (não se preocupe em entender, pois é irrelevante), aproveitei e mandei um e-mail para o Turco, pedindo mais informações sobre os compositores. Escrevi para ele meu plano. Para não fazer feio com a Thaís, deveria seguir o seguinte planejamento:

1) Ter um pouco de informação sobre os primeiros compositores do ranking, comprar seus CDs e escutar suas principais obras.
2) Depois, começar um percurso literário. Turco deveria me dar as dicas (como sempre).
3) Por fim, ver filmes mais profundos e reflexivos.

Depois disso, certamente seria um melhor Fábio. Ou não. Pelo menos, não faria feio com a Thaís.

Almocei com dois colegas de trabalho, um dos sócios do escritório, doutor Olavo Antunes, e um associado, Ângelo. Contei a eles meu programa de domingo. Ângelo se surpreendeu. Olavo, com seus mais de 50 anos, disse que ouvia música clássica desde novo e que me emprestaria alguns CDs, se eu quisesse. Respondi que adoraria.

Durante a tarde, decidi enviar uma mensagem para o celular da Thaís. Meu plano era ligar para ela à noite. Mas minha ansiedade superou qualquer racionalidade. Escrevi: *"Boa tarde! Qdo é q vão criar um fim de semana de 3 dias? Quero descansar!!"* Aguardei a resposta. Ela não veio logo. Depois de meia hora, chegou: *"Mas eu adoro segunda... brincadeira! Rsrsrs. Tudo bem?"* Foi o início de uma tarde sem qualquer concentração no recurso. As quase 20 mensagens que trocamos atraíram a atenção de alguns colegas. O Ângelo chegou a perguntar quem era. Falei a ele que depois lhe contaria.

E a semana seguiu assim. Mensagens durante o dia, telefonemas à noite. Começamos a usar também as mensagens instantâneas via internet. Aquela luz laranja piscou constantemente na tela do meu computador naquela semana, toda vez que ela escrevia para mim. Tentava escapar dos assuntos difíceis. Cometi alguns erros, que ela estranhou ou achou que era piada. Eu dizia que estava cansado ou era brincadeira. Agora me lembro de três:

FORA 1

Ela disse:
— Eu não curto muito a Nouvelle Vague – tempos depois, descobri que era um movimento cinematográfico francês.
Eu disse:
— Eu também não. Gosto mais de comida italiana.

FORA 2

— Eu adoro *As Meninas*, do Velásquez – ela disse sobre o quadro do pintor espanhol.
Eu:
— Elas são suas vizinhas?

FORA 3

Ela disse:
— Você viu *Ladrões de Bicicleta*?
Eu disse desesperado:
— Onde??

Nas três, ela achou que fosse piada.
O que me importa? A velha rotina havia sido levemente alterada. Um novo alguém acabava de entrar em minha vida. E isso sempre me fez pensar. Como é estranho gostar de alguém e ter necessidade de trazer esse alguém para junto de si. São pessoas totalmente distintas, com formações diferentes (educacional, cultural, etc.). Elas não partilharam seus caminhos até então. E, de repente, você insere aquela pessoa no seu mundo, que já é complicado por si só. E ao seu você soma o mundo da outra pessoa, que também não é simples. É como o gráfico a seguir (bem, eu resumi muito devido à minha incapacidade com o computador).
Naquela mesma semana, Turco me mandou outro e-mail. Mais resumido, trazia as informações sobre compositores do ranking. Eu tinha que aprender rápido. Até quando ela acharia que eu sou um culto brincalhão?

```
        ┌─────────┐
        │ Meu modo│
        │ de ver o│
        │  mundo  │
        └─────────┘
```

- Amigos
- Família
- Eu
- Colegas
- Ela
- Amigas
- Família
- Colegas

O modo dela de ver o mundo

CAPÍTULO XII

O NOVO E-MAIL DO TURCO – APRENDENDO MAIS

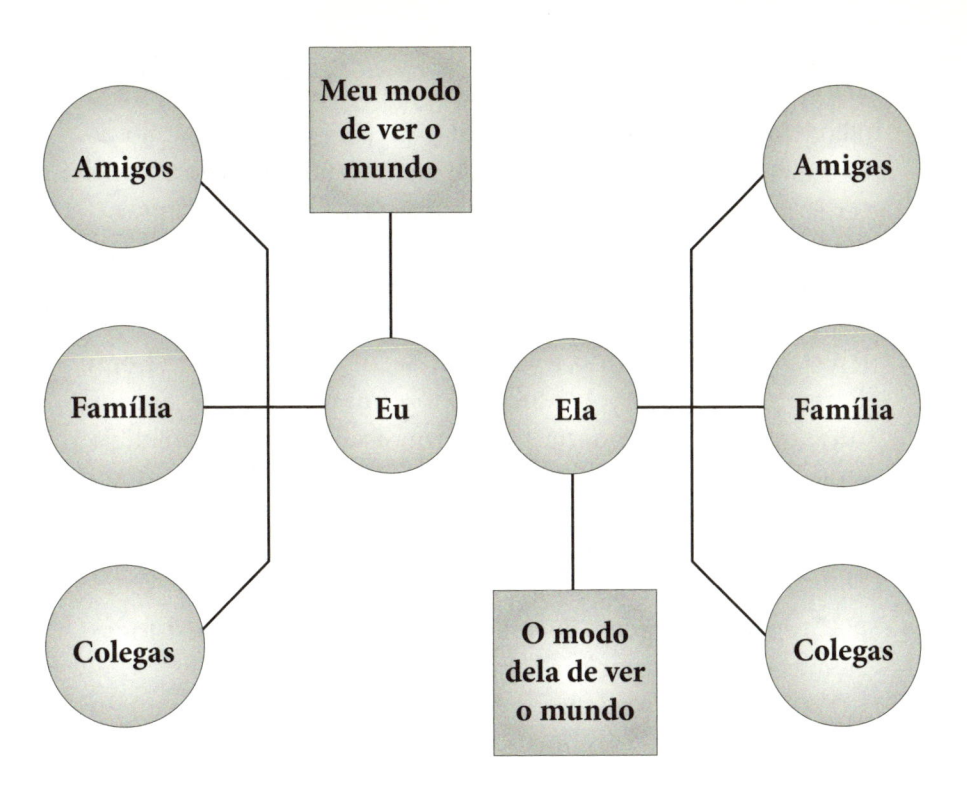

De: felipmarcoturco@....com.br
Para: fabioadv@....com.br
Assunto: Aulas para um mentiroso conquistador 2

Fábio, meu amigo,

Inacreditável sua capacidade de mentir. Deve ser por isso que você escolheu o Direito e, mais especificamente, a advocacia.

Mas acho que entendo você: Thaís é uma garota única. Bonita e inteligente, interessante e tranqüila, simples e simpática. Só espero que esse seu personagem não seja responsável por perder esse possível amor que se inicia. Bem, vamos ao que interessa.

3) LUDWIG VAN BEETHOVEN (1770-1827)

O terceiro do ranking, lembra-se? Beethoven nasceu em Bonn, filho de pai alcoólatra. Foi submetido a um treinamento musical brutal pelo pai, que queria transformá-lo num jovem prodígio, como Mozart. Chegou a estudar com Haydn em Viena, no ano de 1792. Em 1794, já era reconhecido em toda a Europa. Seguiu os estilos clássicos e tradicionais, mas, durante sua carreira, revolucionou-os totalmente.

Viveu numa época de grandes acontecimentos históricos. Citemos um: a Revolução Francesa.

Foi um gênio. Ao lado de Mozart e Bach, compõe o que se pode considerar o máximo da criação artística. Suas primeiras composições seguiam o estilo clássico de Mozart e seu mestre Haydn.

Por volta de 1800, deu-se conta de sua surdez. Você consegue imaginar punição maior para um músico? Lembro-me de Jorge Luis Borges, o escritor argentino que ficou cego e amava ler. Como a vida pode ser cruel para alguns, não? Dá até para a gente refletir um pouco sobre nós mesmos...

Por isso, Beethoven chegou a pensar em suicídio, mas, para o bem da humanidade, não levou o plano adiante. Como estava infeliz com o que havia composto até então, começou a compor música como nunca antes se tinha ouvido. A chamada Eroica (Sinfonia nº 3 em Mi#) tinha duas vezes a duração de qualquer sinfonia escrita até aquele tempo.

Revolucionou a sua época. Causou estranheza. Introduziu temas, mais instrumentos, mais peso e drama à música.

Apreciava os ideais da Revolução Francesa — de liberdade, igualdade e fraternidade. Faleceu em 26 de março de 1827. Segundo os historiadores, cerca de 10 mil pessoas compareceram às ruas de Viena para acompanhar o funeral e prestar homenagem ao compositor genial, inovador, revolucionário, que mudara o cenário musical da Europa e do mundo para sempre.

INICIAÇÃO A BEETHOVEN

A seleção é bem variada, para dar uma visão geral do gênio: uma sinfonia, um trabalho orquestral, música de câmara e música instrumental solo:

1) Sinfonia nº 5 em C menor
2) Concerto para Piano nº 5 em E-bemol (Imperador)
3) Concerto para Violino em D
4) Quarteto de Cordas nº 13 em B-bemol, Op. 130
5) Sonatas para Piano nº 23 em F menor (Apassionata)

4) RICHARD WAGNER (1813-1883)

Nasceu em Leipzig, em 22 de maio de 1813, e faleceu em Veneza, Itália, em 13 de fevereiro de 1883.

Ficou órfão aos 6 meses de idade. Suas irmãs eram cantoras dramáticas. Adquiriu vastos conhecimentos literários quando estudante. Interessava-se também pelos assuntos da filosofia.

Foi, durante a mocidade, um revolucionário. Mais tarde, tornou-se um extremado nacionalista germânico, reacionário e anti-semita. Aos 13 anos, já escrevia poemas musicais e, aos 14, ingressou no Conservatório. Foi regente do Coro de Wurzburg e diretor do Teatro de Riga (1837). Morou em Paris. Em 1842, foi nomeado diretor da ópera da Corte de Dresden, depois do sucesso da ópera "O Navio Fantasma". Suas óperas faziam sucesso nessa época. Devido a esses êxitos, conquistou o lugar de mestre de capela da corte da Saxônia.

Foi perseguido por suas idéias. Fugiu para a Suíça. Em 1864, foi convidado pelo rei Ludwig da Baviera para a Corte em Munique, onde se tornou diretor musical. Em 1869, ao representar "O Anel do Nibelungo", que em Munique alcançou um grande sucesso, conseguiu do rei licença para construir um teatro. Nele, foram representadas suas obras. Em Munique, começaram suas relações com Cosima, filha de Liszt e esposa do regente Hans von Bulow. Conseguidos os divórcios, casaram-se em 1870, e o casal foi viver na Suíça. Cosima teve um filho: Siegfried.

Em 1872, fixou residência em Bayreuth. A partir de 1876, passou a sofrer do coração, o que o levou à morte em 1883.

Segundo Phil G. Goulding, Wagner "era um mentiroso, um enganador, um ladrão de esposas, um destruidor de lares e um traidor de amigos". Por outro lado, ninguém pode negar que era um gênio musical. E poucos discordam de que ele tinha uma imensa confiança em si mesmo e na música que criara, apesar de todos os obstáculos. Teve uma enorme influência no mundo da música na segunda metade do século 19. Sozinho, mudou os destinos da ópera.

INICIAÇÃO A WAGNER

1) Siegfried Idyll (trabalho orquestral)

Óperas:
2) O Anel do Nibelungo
3) O Ouro do Reno
4) A Valquíria
5) Siegfried

Sugiro ainda ouvir, para começar, trechos das óperas Tristão e Isolda e Tannhäuser.

Daqui para frente, enviarei biografias mais resumidas, Fábio. Estou muito sem tempo, com várias monografias para orientar. Você já pode buscar aprofundamento por si só. Mas fique tranqüilo: as dicas para iniciação estarão sempre lá.

Tchau,

Felipe

Capítulo XIII
Antes do fim de semana

Estou ou não namorando? Essa era a questão que me atormentava naqueles dias. Afinal, Thaís era mais nova e menos comprometida que eu. Não que eu fosse um velho, agarrado a tradições. Não. Sou também do tempo do "ficar". Fiquei muito. Tive muitas mulheres. Em carnavais entre os meus 17 e 22 anos, competia com meus colegas em número de ficadas por noite, o que parece horrendo para qualquer mulher. Até amigos meus estrangeiros (lembro-me especialmente de um australiano que veio morar no Brasil) se assustam com essa facilidade para beijar na boca. Mas o certo é que hoje não sou mais o garotão de 20 anos, louco por mais uma noitada com os amigos, esperando a sexta-feira e o sábado ansiosamente, sempre de olho na gostosa do momento. Atualmente, quero o sossego e a paz de um relacionamento maduro. Chega um dia em que aquela rotina cansa – deve ser isso o que chamam amadurecer. Um dia, nenhum amigo seu está solteiro, todos estão pegando as manias das namoradas, dizendo que "é difícil arranjar alguém como a fulana por aí" e "só tem desonesta solta". Um dia (vamos ser sinceros), queremos alguém para ouvir a gente reclamar do chefe depois de tomar uma bronca no trabalho. E, obviamente, queremos sexo com intimidade, pois, naqueles carnavais dos velhos tempos, sexo era mais um assunto para os amigos. Ninguém aproveitava: a fórmula era tesão + insegurança = tensão. Mas, para os colegas, ahhhh, cada fim de semana era uma glória.

Bem, toda essa introdução é para dizer que quero namorar a Thaís, mas não sei se estamos namorando. Minha técnica para clarear esse ponto da nossa relação será bem direta: vou perguntar para ela se estamos ou não. Sei que pode parecer meio antiquado (você quer namorar comigo), mas não vejo outro jeito. Não quero perdê-la. Sei que posso até amedrontá-la com uma pergunta dessas, que ela pode me achar um desesperado, mas meu medo de não tê-la ao meu lado é maior. Vou fazer papel de idiota mesmo, eu sei. Não quero vê-la partir com o primeiro coleguinha de classe que aparecer.

Naquela semana, assisti muito à TV Justiça. Foi ótimo. Os julgamentos do Supremo e toda a repercussão na mídia me atraíam. As intromissões do Judiciário no Executivo e vice-versa. Esse era um assunto que Thaís poderia conversar comigo. Espero que, pelo menos, ela converse sobre os compositores sobre os quais já li alguma coisa.

Dr. Olavo, o sócio do escritório, apareceu com um CD cujo título era *Wagner – Highlights*. Peguei e agradeci. Foi uma maravilha. Os trechos de ópera me impressionaram muito, especialmente o *Canto dos Peregrinos*, do personagem Tannhäuser. Como poderia existir uma música assim tão bela? Tão tocante, começando como que a distância até nos encantar com a sua explosão de beleza e perfeição? Como negligenciei tal criação humana? No dia seguinte, pedi ao dr. Olavo que me emprestasse um Beethoven, se ele tivesse. No mesmo dia, ele trouxe do seu carro um CD com a *Nona Sinfonia*. Deixei para escutar depois que terminasse de "conhecer" melhor Wagner. Dr. Olavo disse que eu poderia ficar com o CD. Ele tinha outra gravação da mesma *Nona Sinfonia*. Ele é um bom chefe, não? Não poderia deixar de ser, afinal sou um excelente funcionário.

O fim de semana se aproximou e combinamos de ir ao cinema, eu e Thaís. Depois do cinema, iríamos a algum bar, com música ao vivo, onde executaria meu plano de pedi-la em namoro (que coisa mais antiga, meu Deus!). Deixei que ela escolhesse o filme.

Ela escolheu um filme antigo. Nada de lançamento, nem uma bomba sequer. Caratê? Nem pensar. Minha apreensão voltava. Filme não era o meu forte. Turco foi a primeira palavra que surgiu em minha mente. Meu salvador, meu guia, meu guru!

Liguei para ele na sexta, logo que saí do escritório. Ele estava entrando na sala de aula. Sairia lá pelas nove da noite. Aula noturna na sexta-feira... Coitado do Turco! Pedi que ele me ligasse quando saísse. Eram seis e meia.

Cheguei em casa às sete e quinze. Antes de colocar o Beethoven no meu Sony, escutei um pouco de Lou Reed (*Transformer*) e Leonard Cohen (*Greatest Hits*). Enquanto ouvia *Perfect Day* e *Suzanne*, li as notícias do dia na internet.

Nunca havia sido o tipo de prestar atenção em letra de música, mas, naquele dia, resolvi acompanhar. *Suzanne takes you down to her place near the river...* Acho que, finalmente, algumas portas estavam se abrindo para mim. Não entendi bem o que Leonard Cohen queria dizer com aquilo tudo. Quem era Suzanne afinal? A beleza, porém, estava lá e me emocionava saber que aquelas palavras, tão aleatórias e soltas em conversas tolas e dispensáveis, poderiam ser combinadas daquela forma.

Nove horas. Turco deveria me ligar a qualquer momento. Nove e cinco. Nada ainda. Liguei para o seu celular. "Desligado ou fora de área" me disse a gravação imbecil. Teria eu que me virar sozinho? Qual era o filme mesmo que ela queria ver? Nem me lembrava do nome. Era um sueco ou suíço? Não, esse filme passaria no domingo na programação cultural do cinema. Nove e dez, o telefone do apartamento toca. Atendo nervoso e apressado.

— Porra, onde você se meteu? Você quase me mata de susto!

Não tenho identificador de chamada. Era a minha mãe.

— Que é isso, Fábio? Isso é jeito de atender um telefonema? Da sua mãe? Você está perdendo seus valores mesmo morando sozinho!

— Desculpa, mãe, achei que fosse o Felipe. Mil desculpas! Ele está me devendo um material para eu fazer uma defesa.

Silêncio do outro lado. Ela estava chateada.

— Mãe.

— Que foi — assim mesmo, sem ponto de interrogação.

— Por que você ligou?

— Por nada — toda pessoa chateada é igual. Quer ser inquirida até soltar o que a está aborrecendo. Geralmente é quem pergunta.

— Pra bater papo? Só?

Silêncio. O xingamento acabou com a coitada. Soltar um "porra" logo de cara não foi nada bom. Minha mãe odeia palavrão. Só comecei a xingar depois dos 15. Resolvi agradá-la para restabelecer contato.

— Mãe, estou precisando de uma ajuda sua. Não sei se você vai poder me ajudar...

— O que é? Se estiver ao meu alcance.

— Estou querendo umas informações sobre filmes-cabeça, antigos, filme de arte, sabe? Você não sabe alguma coisa ou tem um livro sobre isso?

— Acho que tenho sim, meu filho. Há muitos anos, recortei num jornal a lista dos melhores filmes de todos os tempos. Vários críticos votaram. Achei que seria um bom guia para me ajudar na locadora. Vi alguns, mas depois cansei. Seu pai é muito desanimado. Ele só quer saber do Fluminense e do Jornal Nacional. Já falei com ele. Se ele ficar

assim, vou começar a ir ao cinema sozinha.
— Perfeito, mãe! Me manda isso agora! Você sabe mandar por fax?
— Não, mas vou pedir para o seu pai. João Alfredo!
A voz de meu pai ao fundo:
— Que foi?
— Passe um fax para o Fábio!
— Estou vendo CNN, nem pensar.
— O menino está precisando, João.
Silêncio.
— Seu pai vai passar. Daqui a pouco está aí.
— Muito obrigado, mãe. Um beijão de boa noite.
— Um beijo. E juízo, meu filho.
Minutos depois, chegou um fax com a lista dos 100 melhores filmes de todos os tempos.

Capítulo XIV
A LISTA DOS CEM DA MINHA MÃE

A lista que minha mãe enviou era quase ilegível e se chamava "Os 100 melhores filmes para o Bonequinho". Bem, Bonequinho é um personagem do jornal O Globo, que tem diferentes reações dependendo da qualidade do que assiste. Mas a lista não era atualizada, pelo que pude perceber. O centésimo filme era de 1992. Sem dúvida, coisas boas surgiram desde então. Os críticos que votaram foram: Arthur Dapieve, Ely Azeredo, Luciano Tribo, Rogério Durst e Roni Filgueiras. Não conhecia nenhum deles.

De acordo com meu plano, pelo menos saberia como reconhecer um filme famoso entre os conhecedores do cinema. Ver todos, por enquanto, era impensável. Teria dificuldade até em encontrar alguns. Mas, com certeza, se meu novo plano de vida era tornar-me culto, teria que ver todos os filmes da lista.

Bem, vamos então a ela, que está organizada em ordem cronológica:

1. *Viagem à Lua*, de Georges Méliés (1902)
2. *O Nascimento de uma Nação*, de D. W. Griffith (1915)
3. *Intolerância*, de D. W. Griffith (1916)
4. *O Gabinete do Doutor Caligari*, de Robert Wiene (1919)
5. *O Encouraçado Potemkin*, de Serguei Eisenstein (1925)
6. *A Última Gargalhada*, de F. W. Murnau (1925)
7. *Metropolis*, de Fritz Lang (1926)
8. *Napoleão*, de Abel Gance (1926)
9. *A Paixão de Joana d'Arc*, de Carl Dreyer (1927)
10. *A Caixa de Pandora*, de G. W. Pabst (1928)
11. *O Anjo Azul*, de Josef Von Sternberg (1930)
12. *Limite*, de Mário Peixoto (1930)
13. *M, o Vampiro de Dusseldorf*, de Fritz Lang (1931)
14. *Scarface – A vergonha de uma nação*, de Paul Muni (1931)
15. *King Kong*, de Merian C. Cooper e Ernest Shoedsack (1933)
16. *Tempos Modernos*, de Charles Chaplin (1936)
17. *Branca de Neve e os Sete Anões*, de Walt Disney (1937)
18. *A Grande Ilusão*, de Jean Renoir (1937)
19. *Alexandre Nevsky*, de Serguei Eisenstein (1938)
20. *Do Mundo Nada se Leva*, de Frank Capra (1938)
21. *No Tempo das Diligências*, de John Ford (1939)
22. *... E o Vento Levou*, de Victor Fleming (1939)
23. *Fantasia*, de Walt Disney (1940)
24. *O Grande Ditador*, de Charles Chaplin (1940)
25. *As Vinhas da Ira*, de John Ford (1940)
26. *Cidadão Kane*, de Orson Welles (1940)
27. *Relíquia Macabra*, de John Huston (1941)
28. *Casablanca*, de Michael Curtiz (1942)
29. *Roma, Cidade Aberta*, de Roberto Rosselini (1945)
30. *O Boulevard do Crime*, de Marcel Carné (1945)
31. *A Bela e a Fera*, de Jean Cocteau (1946)
32. *A Felicidade não se Compra*, de Frank Capra (1946)
33. *O Tesouro de Sierra Madre*, de John Huston (1947)
34. *Ladrões de Bicicleta*, de Vittorio de Sica (1948)
35. *O Terceiro Homem*, de Carol Reed (1949)
36. *A Malvada*, de Joseph L. Mankiewicz (1950)
37. *Crepúsculo dos Deuses*, de Billy Wilder (1950)
38. *Rashomon*, de Akira Kurosawa (1950)

39. *Matar ou Morrer*, de Fred Zinnemann (1952)
40. *A um Passo da Eternidade*, de Fred Zinnemann (1953)
41. *Janela Indiscreta*, de Alfred Hitchcock (1954)
42. *Os Sete Samurais*, de Akira Kurosawa (1954)
43. *A Estrada da Vida*, de Federico Fellini (1954)
44. *A Marca da Maldade*, de Orson Welles (1957)
45. *Glória Feita de Sangue*, de Stanley Kubrick (1957)
46. *O Sétimo Selo*, de Ingmar Bergman (1957)
47. *Morangos Silvestres*, de Ingmar Bergman (1957)
48. *Hiroshima Meu Amor*, de Alain Resnais (1959)
49. *Os Incompreendidos*, de François Truffaut (1959)
50. *Quanto Mais Quente Melhor*, de Billy Wilder (1959)
51. *A Doce Vida*, de Federico Fellini (1960)
52. *Psicose*, de Alfred Hitchcock (1960)
53. *Acossado*, de Jean-Luc Godard (1960)
54. *Rocco e Seus Irmãos*, de Luchino Visconti (1960)
55. *Se Meu Apartamento Falasse*, de Billy Wilder (1960)
56. *Jules e Jim – uma mulher para dois*, de François Truffaut (1961)
57. *Viridiana*, de Luis Buñuel (1961)
58. *Kagemusha*, de Akira Kurosawa (1961)
59. *O Processo*, de Orson Welles (1962)
60. *O Anjo Exterminador*, de Luis Buñuel (1962)
61. *Oito e Meio*, Federico Fellini (1963)
62. *Vidas Secas*, de Nelson Pereira dos Santos (1963)
63. *Deus e o Diabo na Terra do Sol*, de Glauber Rocha (1964)
64. *Dr. Fantástico*, de Stanley Kubrick (1964)
65. *Repulsa ao Sexo*, de Roman Polanski (1965)
66. *O Incrível Exército de Brancaleone*, de Mario Monicelli (1965)
67. *Blow Up – depois daquele beijo*, de Michelangelo Antonioni (1966)
68. *A Bela da Tarde*, de Luis Buñuel (1967)
69. *Terra em Transe*, de Glauber Rocha (1967)
70. *Teorema*, de Píer Paolo Pasolini (1968)
71. *Laranja Mecânica*, de Stanley Kubrick (1971)
72. *Morte em Veneza*, de Luchino Visconti (1971)
73. *O Poderoso Chefão*, de Francis Ford Copolla (1972)
74. *Gritos e Sussurros*, de Ingmar Bergman (1972)
75. *Solaris*, de Andrei Tarkovski (1972)
76. *Amarcord*, de Federico Fellini (1973)

77. *Nashville*, de Robert Altman (1975)
78. *Taxi driver*, de Martin Scorsese (1976)
79. *O Casamento de Maria Braun*, Rainer Werner Fassbinder (1978)
80. *Nosferatu*, de Werner Herzog (1978)
81. *Pixote – a lei do mais fraco*, de Hector Babenco (1978)
82. *Cerimônia de Casamento*, de Robert Altman (1978)
83. *Apocalipse Now,* de Francis Ford Copolla (1979)
84. *Manhattan*, de Woody Allen (1979)
85. *O Iluminado*, de Stanley Kubrick (1980)
86. *Touro Indomável*, de Martin Scorsese (1980)
87. *Os Caçadores da Arca Perdida*, de Steven Spielberg (1981)
88. *Blade Runner – o caçador de andróides*, de Ridley Scott (1982)
89. *ET – o extraterrestre*, de Steven Spielberg (1982)
90. *Zelig*, de Woddy Allen (1983)
91. *Paris, Texas*, de Wim Wenders (1984)
92. *O Exterminador do Futuro*, de James Cameron (1984)
93. *À Sombra do Vulcão*, de John Huston (1984)
94. *O Baile*, de Ettore Scola (1985)
95. *A Rosa Púrpura do Cairo*, de Woody Allen (1985)
96. *Ran*, de Akira Kurosawa (1985)
97. *Mishima*, de Paul Schrader (1985)
98. *Fanny e Alexander*, de Ingmar Bergman (1986)
99. *Coração Satânico*, de Alan Parker (1987)
100. *Os Imperdoáveis*, de Clint Eastwood (1992)

Perdido no meio de tantos filmes e diretores, tive uma idéia. Faria um levantamento sobre os diretores com mais filmes na lista. Eles seriam os mais importantes, cujos nomes eu obrigatoriamente teria que saber, se fosse um conhecedor de cinema. O resultado da minha breve pesquisa foi:

DIRETORES COM 4 FILMES NA LISTA

Federico Fellini
Stanley Kubrick
Akira Kurosawa
Ingmar Bergman

DIRETORES COM 3 FILMES NA LISTA

Billy Wilder
Orson Welles
John Huston
Luis Buñuel
Woody Allen

DIRETORES COM 2 FILMES NA LISTA

D. W. Griffith
Eisenstein
Fritz Lang
Charles Chaplin
Walt Disney
Frank Capra
John Ford
Fred Zinnemann
Alfred Hitchcock
Truffaut
Visconti
Glauber Rocha
Coppola
Robert Altman
Martin Scorsese
Steven Spielberg

Capítulo XV

Cinema ou locadora?

A lista não me ajudou muito. Era só um amontoado de filmes e nomes. Precisava de algo mais. O cinema, a essa altura, era ameaçador. Liguei para a Thaís, pedindo para a gente não ir ao cinema, que eu estava muito cansado, o trabalho estava muito pesado.

Ela aceitou, mas pareceu um pouco chateada, afinal ela já devia estar a fim de ver aquele filme há muito tempo. Ela adora cinema. Diante do dilema "querer agradá-la × medo de filme-cabeça", sugeri irmos até a "nossa" locadora, pegar um filme e ver aqui em casa. Foi uma aposta, pois não sabia se ela ficaria ofendida com o meu convite. Tudo bem que, hoje em dia, ir para a casa de alguém é muito comum. Mas e se ela fosse uma recatada ao extremo? Poderia ficar ofendida?

Não foi o que aconteceu. Ela aceitou numa boa, e eu comemorei com um imenso sorriso do outro lado da ligação. Filme no sofá do meu apartamento. Uma sensação que há muito tempo não tinha...

Combinamos de nos encontrar na locadora Vídeo Planet. No caminho, comprei um vinho argentino e petiscos. Na locadora – já havia planejado –, faria de tudo para pegarmos um filme que não me colocasse em posição difícil.

Chegando lá, fui para a seção de comédia. Sempre existem aquelas comédias cultuadas, que agradam aos intelectuais do tipo dela. Se eu não achasse engraçado, poderia rir de companhia toda vez que ela risse. Ou um filme de tribunal, do qual eu poderia explicar alguma coisa. Esse era o meu plano sórdido. Mas, aparentemente, ela tinha outros:

— Temos que pegar este! É uma falha no meu currículo de cinéfila. Aposto que você já viu.

Ela balançava em sua mão a caixinha de um filme chamado *Cidade dos Sonhos*, que eu, obviamente, não tinha visto.

— Então somos dois que temos a mesma falha. O diretor é o... — e fiz uma cara de quem tinha esquecido o nome, enquanto estalava meus dedos.

— David Lynch!

— Isso mesmo, David Lynch.

Na minha mão, estava o filme *O Veredito*, com o Paul Newman. Ela já tinha visto. Ainda mostrei outras opções, mas, diante do rostinho amável, de sobrancelhas erguidas, abraçada àquela caixinha (que, àquela altura, era tudo o que eu queria ser), não tive outra opção: *Cidade dos Sonhos*, aqui vamos nós. Enquanto pegava o filme, ela se distraiu vendo uns lançamentos. Perguntei com a voz baixa para o atendente:

— Esse filme é tranqüilo, né?

O jovem de 18 anos, cavanhaque ralo, camisa da Adidas da década de 80, olhou para mim com um ar de surpresa e, no meio de uma breve risada, disse:

— É... boa sorte!

Não foi um bom sinal.

Chegamos ao meu apartamento, que eu cuidadosamente havia preparado para a chegada da Thaís. Nada de revistas no chão do banheiro ou roupas jogadas na minha mesa. Nada de cuecas secando no box ou restos de comida na cozinha. Ela ficou um pouco impressionada, embora estivesse tensa. Elogiou a decoração simples, mas de bom gosto. Disse que o meu DVD player era igual ao do pai dela. Perguntou quem eram as pessoas nas fotos dos porta-retratos da sala. Depois dessas conversas preliminares, fomos para a cozinha preparar os comes e bebes. Conversamos amenidades. E nos beijamos carinhosamente.

Fomos para a sala. Coloquei o DVD. O filme tinha um ar sombrio. Aproveitei para ficar bem próximo da Thaís. Tudo ia muito bem. Até que o filme entortou minha cabeça e tirou o meu chão.

Não tem explicação. Fiquei completamente horrorizado com o que aconteceu. Não podia transparecer minha confusão, eu pensava. Impossível, porém. O filme estava além de minha capacidade de compreensão. Nunca um filme me deixou tão perplexo e chocado. Nada me prepararia para o que vi.

No fim do filme, olhamos um para o outro. Ela tentou decifrar a história e me disse que já sabia que o filme era surpreendente e forte. Eu continuei sem saber o que tinha visto nas duas horas anteriores. *Cidades dos Sonhos*, esse era o nome do filme. Inesquecível.

Meu atordoamento era claro. Ela perguntou:

— Você está com uma cara de assustado, o que é? Você odiou, pode falar.

— Não, de jeito nenhum. Foi muito bom! Mas preciso refletir um pouco mais. Estou refletindo, analisando. Sou sempre assim com filmes desse tipo.

Mudamos de assunto. Sentados no sofá, começamos a nos beijar. Solitários e empolgados, descobrindo cada parte do corpo do outro, terminamos no meu quarto, debaixo dos meus lençóis, fazendo amor pela primeira vez. E foi tudo mágico. Depois do sexo, ficamos abraçados na cama. Falávamos sobre quanto nos sentíamos atraídos um pelo outro. Ela disse que, além do aspecto físico, ela gostava de mim pelo meu jeito de pensar, minha cultura. Retribuí o elogio. Lá pelas duas da manhã, ela falou que tinha que ir embora. Como ela tinha ido a pé para a locadora, fui levá-la em casa de carro.

Quando voltei, ainda estava intrigado com o filme. Tentava achar saídas para o roteiro. Seria uma boa chance de, mais uma vez, demonstrar conhecimento para ela. Já era tarde para o Turco me ajudar e ficar pedindo ajuda o tempo todo acabaria enchendo o saco dele. Fui fazer algo que me ajudava muito no trabalho: pesquisa na internet.

Capítulo XVI
Entendendo o filme
(se é que isso é possível)

Bem, para começar, não recomendo este capítulo para quem não viu o filme – pode estragar toda a experiência. No dia, confesso que fiquei assustado. Mas, hoje, sei que é um grande filme, uma obra de arte. Por isso, quem tiver a chance de assistir a ele de surpresa, como eu, deve fazê-lo. Então vamos lá.

A melhor explicação que encontrei foi de um tal de Allen B. Ruch, autor do texto *No hay banda – a long, strange trip down David Lynch's Mullholand Drive*. A partir da leitura, concluí que o filme não era certamente um amontoado perdido de imagens. Deveria haver, eu supus, uma explicação. Para Runch, o filme é uma fita de Möbius, uma pintura de Escher – pessoas de quem nunca ouvira falar (minha curiosidade foi atiçada, contudo). No seu entendimento, o filme é um sonho, uma ilusão. E, embora desafie a lógica, é perfeitamente compreensível. Após ler o seu texto e rever o filme na manhã seguinte, o que ficou de conclusão para mim foi o seguinte: a realidade é a segunda parte do filme. A vida de Diane, portanto, era deprimente, confusa e decadente. Por isso, ela criou aquela realidade paralela (um sonho ou um surto), que vemos na primeira parte do filme. Vendo sob esse aspecto, percebemos que ela usa elementos da realidade (segunda parte) no surto (primeira parte), como nomes, pessoas, etc. Por exemplo, o cowboy era um personagem da festa no final. No surto, ele tem importância no mecanismo de defesa que ela cria para a perda do papel. Podemos dizer que, no surto, ela consegue ser tudo o que não é na sua vida medíocre: uma grande atriz, querida por todos, tendo em suas mãos a vida de

Camilla. Num plano mais profundo, acho que o filme demonstra que o ser humano muitas vezes se perde em busca de sonhos, sucesso e reconhecimento, podendo chegar a extremos – como encomendar o assassinato de alguém que obsessivamente foi amado, que é exatamente o que ocorre no filme. Muitas coisas ainda me deixam atônito: a caixa azul, o monstro e o Club Silêncio. Mas hoje admiro o que o diretor fez. Ele transmitiu sua mensagem de maneira única e original.

Capítulo XVII
Mais um sábado e meu plano de contar a verdade

Disse isso tudo a ela no dia seguinte, ao telefone. Ela gostou. Tivemos uma longa conversa sobre o filme e, no fim da ligação, combinamos de almoçar juntos. Para a tarde, já havia combinado de jogar tênis com o Ângelo, e então fomos para o clube. Após a partida, que ganhei com o expressivo placar de 6 × 0 e 6 × 3, liguei para a Thaís para saber o que faríamos à noite. Já tinha em minha mente o plano de levá-la a um bom restaurante, pedir um vinho, dizer que a amava e contar-lhe a verdade. Obviamente, contaria de maneira sutil. Eu não era tão culto quanto ela achava, na realidade eu estava me iniciando nos estudos da erudição e, coincidentemente, ela apareceu na minha vida. Era como um presente do destino: logo agora que me interessava pela alta cultura, por filmes, músicas e literatura, surgiu uma mulher que poderia me ensinar muito mais do que livros e enciclopédias.

Ela, porém, nem me deu a chance de convidá-la. Disse que tinha sido convidada para uma festa de um artista performático ("que porcaria é essa?", pensei), na qual estaria um monte de gente legal que ela conhecia, e ela adoraria a minha companhia. Não tive muita escolha e aceitei. Mas fiquei pensando, enquanto dirigia para casa, que não passava um dia sem que eu fosse testado na minha mentira. Todo dia um filme difícil, uma festa... Já não agüentava mais a pressão da mentira. E nunca conseguiria acompanhar todo o aprendizado que o Turco despejava sobre mim de modo a me tornar alguém mais profundo antes que ela descobrisse. Hoje seria o dia da verdade. Após a festa, a sós no carro, seria o momento ideal.

Chegamos à festa, que acontecia num bar alternativo, cheio de fotos em preto-e-branco na parede, cada mesa decorada diferentemente, com música lounge ao fundo. Fomos de pronto recebidos por figuras muito estranhas: uma garota com piercing no nariz, sobrancelha e bochechas, que me lembrava o personagem de um filme de terror que vi quando adolescente, *Hellraiser*; e um rapaz de cabelos longos, camiseta branca e jeans, óculos de armação quadrada preta tipo fashion, com um cigarro de palha na mão. Fui apresentado. Michel e Dolores formavam o casal anfitrião, e ele era o tal artista. Perguntei a Thaís que tipo de arte ele fazia, e ela me disse que ele é diretor experimental de curtas e faz um pouco de videoarte, dança e teatro. "Ah bom", respondi para encerrar o assunto.

Embora não seja minha bebida predileta, resolvi tomar cerveja. Sentamos num sofá e os assuntos fluíam, a maior parte das pessoas me perguntando o que eu fazia, onde trabalhava, se conhecia o trabalho do Michel. Quando dizia que era advogado, as pessoas pareciam sentir uma espécie de desprezo e temor, não sei bem definir. Mas segui confiante nas conversas. Alguém disse que comprou o DVD do Radiohead numa promoção. Perguntei onde, pois queria comprar também. Enquanto o assunto fosse pop rock, eu estava bem. De mãos dadas com Thaís, pensava ansiosamente sobre como ela reagiria à verdade. Torcia para que desse tudo certo e estava confiante quanto a isso.

As cervejas são terríveis com sua ditadura do xixi. Em pouco tempo, fui ao banheiro duas vezes. Na volta da segunda, reparei num casal que havia chegado e se sentara ao nosso lado no sofá extenso no canto do bar. Não pude acreditar: aquele cabelo louro, o sorriso, a calça jeans justa. Era Maria Lúcia. Acompanhada de uma figura superestranha, um homem com a calça bem elevada, acima do umbigo, uma camisa social dobrada nas mangas, moreno, magro, mas barrigudo, óculos de armação metálica antiga, cabelo crespo e curto. Do corredor, fiz essa análise completa em poucos segundos, afinal aquele era o novo homem da minha ex, talvez a pessoa por quem ela havia me trocado. Não podia ouvir bem o que ele dizia, mas todos o escutavam – sua figura extremamente formal impressionava.

Tomei coragem e fui até o sofá em que estavam sentados, para meu desespero, Thaís, Maria Lúcia e o indivíduo. Pelo menos, tive o prazer de surpreender. Quando apareci, Maria Lúcia teve aquele milésimo de segundo de total impacto, do tipo "será que é quem eu estou pensando que é?" O moreno estava falando sobre sua viagem à República Tcheca quando interrompi.

— Oi, Maria Lúcia. Há quanto tempo — eu a chamei pelo nome completo, para não demonstrar nenhuma intimidade, nem quis chegar perto.

— Fábio, há quanto tempo mesmo! — ela me disse assustada, com os olhos levemente arregalados.

Thaís, obviamente, perguntou com ar de surpresa:

— Vocês já se conhecem?

Constrangido, sem saber bem o que dizer, esperei Maria Lúcia tomar a iniciativa da explicação.

— Nós já fomos namorados — ela disse, para um espanto geral da sala. Percebi nitidamente o olhar do fulano que estava com ela modificar-se por inteiro.

— Esta é a Thaís — apresentei.

— Este é o Cláudio.

Ele esticou sua mão peluda até mim e, enquanto me cumprimentava, me informou seu nome completo:

— Cláudio Silveira da Silva.

— Fábio — limitei-me a dizer.

Finalmente, um gordinho meio careca quebrou o gelo que se instalara no ambiente, ao afirmar que pediria para trocarem o lounge por jazz. "Que tal um Thelonious Monk com John Coltrane, no Carnegie Hall?" Todos concordaram, mesmo quem não tinha a menor idéia de quem eram esses dois. Maria Lúcia resolveu puxar conversa:

— Você por aqui, Fábio!? — o ar sarcástico não podia esconder um certo ressentimento, pois, naquele ambiente cult, eu definitivamente não era a pessoa que ela esperava encontrar. Da minha parte, todo cuidado era pouco. Maria Lúcia poderia, a qualquer momento, me desmascarar na frente de Thaís e, o que seria pior, na frente daquele peludo de calça na barriga. Expliquei:

— A Thaís é muito amiga do pessoal daqui. E você? Conhece o Michel?

— Conheço a Carolina, amiga da Dolores. Sou dentista dela. Ela me chamou, e eu gosto dessas coisas diferentes.

Coisa diferente era o Cláudio, pensei.

— Você é advogado, então — ele me perguntou.
— Sou. E você é...
— Estou tentando concurso público. Quero ser juiz.
— Legal.
— Mas já estou bem envolvido em projetos interessantes. Estive agora na Europa e fiz muitos contatos na faculdade de Direito de Ultrecht, na Holanda, e na Comissão de Direito Ambiental do Leste Europeu.

Muito estranho mesmo, o tal Cláudio. Por isso todos o escutavam. Ele era um arrogante que contava essas histórias sem pé nem cabeça. Logo de cara, vi que era um impostor. Mas, de alguma forma, ele transmitia credibilidade a todos.

— Holanda? Você esteve lá agora?
— Acabei de voltar. No momento, estou escrevendo um artigo com uma juíza aposentada da Corte Internacional de Justiça que conheci por lá. Um ser humano maravilhoso.
— Deve ser mesmo.

Thaís começou a perceber meu desconforto. Não estava gostando daquele ambiente. O fantasma da M. L. ressurgindo das cinzas, o Cláudio Silveira da Silva... Não, aquilo não era para mim. Thaís propôs que fôssemos conversar com uma amiga dela do outro lado, atrás de uma pilastra, numa mesa encostada no fundo, à direita do pequeno palco que havia no bar. Aceitei. Pedimos licença, disse que daria uma volta, mas retornaria em pouco tempo. Em vez de irmos para a tal mesa, nos encostamos na pilastra, de costas para o sofá do inferno. Thaís me pediu desculpas:

— Foi mal colocar você nessa situação. Impossível prever tanta coincidência.
— Você não tem culpa nenhuma. Obrigado por ter nos tirado de lá. E aquele Cláudio, hein, que mala. Ele fala com o nariz empinado, como se fosse o dono do mundo. Vamos fugir deles, por favor.
— Antes de você chegar, ele estava contando como tinha conhecido, em Praga, o violinista mais velho da Europa — ela disse gargalhando. — Fiquei me perguntando como ele sabe que aquele é o mais velho. Existe algum livro ou prêmio para isso? O pior foi quando ele tirou um álbum de fotos do bolso. Ele tem várias fotos com o velhinho e o violino.
— Bem bizarro.

Àquela altura da festa, a circulação de pessoas estava bem maior. Thaís encontrava alguém conhecido o tempo todo. Uma parte dos convidados resolveu dançar. Descalços e de olhos fechados, este grupo cult me pareceu bem engraçado. Quem dançaria assim? A música variava e demonstrava como o grupo era eclético: Los Hermanos, Frank Sinatra, Caetano Veloso, Moby, etc. Enquanto Thaís conversava com a quinta garota de cabelo de mechas roxas e eu me distraía observando o grupo dos descalços de olhos fechados, senti alguém me cutucar. Olho para trás e vejo aquelas mãos peludas e morenas. Não podia ser! Era o tal Cláudio.

— Você trabalha num escritório bom, a Maria Lúcia me disse.

— É. Muito bom. Ótimo ambiente de trabalho.

— Eu conheci o maior escritório da Alemanha — ele disse confiante —, uma potência. Eles me chamaram para trabalhar lá.

— Parabéns.

— Eu aproveitei e estiquei até Praga. Conheci o mais velho violinista da Europa — e começou a tirar as fotos do bolso.

Por Deus, esse Cláudio não existia! Ele veio sozinho até mim para ficar contando do velhinho do violino. Pedi licença para ir ao banheiro. No caminho, encontrei Maria Lúcia. Ela me perguntou onde estava o Cláudio.

— É só você procurar alguém com a foto de um velho com um violino. É ele.

Ela ficou ofendida.

— Quanto despeito. Ciúmes ou inveja, sei lá. O Cláudio é um gênio, culto. Ele me completa. É gentil. Ele tem muito mais a ver com este ambiente do que você.

— Esse cara é um impostor! Artigo com uma juíza aposentada da Corte Internacional de Justiça?

— É tudo verdade! E você, com essa menina? Tentando agradar vindo a uma festa com gente que você sempre desprezou. Um paizão!

A festa se tornara um inferno. Maria Lúcia não parava de falar, e eu já nem a escutava mais. Discussão com a ex não é o ideal de curtição de um sábado à noite. De longe, vi que o Cláudio estava conversando com a Thaís. Larguei a Maria Lúcia falando sozinha e fui ao encontro do Cláudio.

Quando cheguei perto, ele estava contando como estava suportando a perda de um grande amigo, político famoso. Suas palavras:

— Eu cheguei para o médico e disse, com muita dor no coração: pode aplicar morfina nele.

— Vamos, Thaís? – interrompi a tocante história do Cláudio.

— Vamos — eu sabia que, no fundo, ela queria ficar mais na festa (mas longe do Cláudio). Ela, porém, tinha noção do terror em que a festa havia se transformado.

Maria Lúcia veio com aquela cara de mau humor, que me era tão familiar, e nos despedimos. Maria Lúcia disse para a Thaís:

— Parabéns por ter trazido o Fábio para uma festa como esta. Na minha época, ele só queria saber de futebol e...

— Tchau, gente — interrompi bruscamente a M. L.

Foi então que Cláudio soltou a bomba:

— A Maria Lúcia me deu seu telefone. Vou ligar para perguntar algumas coisas sobre seu escritório, vaga para advogado, essas coisas.

Concordei com um breve balançar de cabeça e um sorriso amarelo nos lábios. Escapei rapidamente. O que eu mais queria, àquela altura, era ir para casa dormir. Naquela noite, não tinha clima para mais nada, muito menos executar meu plano de contar tudo para a Thaís.

CAPÍTULO XVIII

ANTES DO FIM DE SEMANA

Thaís percebeu meu mau humor no caminho para casa. Nem fez perguntas ou puxou assunto. Quando nos despedimos, ela me deu um beijo e disse que ligaria no dia seguinte. Em casa, tirei a roupa como na época em que sofria alguma rejeição, durante a adolescência: depois de cada peça, ficava infinitos minutos olhando para a parede, para o nada. Acho que bati meu recorde: depois de tirar uma perna da calça, fiquei estático por uns dez minutos. Não me pergunte pensando em quê.

Luzes apagadas, fiquei olhando para o escuro. Meus pensamentos não se prendiam a nada especificamente, pulando de pessoas e situações com uma rapidez enorme. Deitei. Devo ter ficado uma hora assim, sofrendo, mudando meu corpo de posição a cada trinta segundos, até que dei um basta. Eu deveria ser mais racional. Então comecei a pensar sobre os últimos tempos, desde o meu término com a M.L. até o aparecimento da Thaís.

Concentrei minha mente nesta primeira pergunta: tive ciúmes da M. L. com o novo namorado? Não, acho que não. Ela só me deixou nervoso, irritado, mas nada a ver com ciúmes. O idiota do namorado dela contribuiu para esse sentimento de ódio que desenvolvi – mas não poderia chamar isso de ciúmes. Não queria estar do lado dela, não me interesso mais por nada que ela faça ou deixe de fazer. Estava feliz e confiante com a Thaís. O que me leva ao segundo questionamento: estou feliz com a Thaís? A resposta é sim, sem dúvida. Ela me desafia e me dá ânimo para viver. Estou apaixonado... mas tenho aquela sensação de facada no coração toda vez que lembro que sou impostor. Por isso, estou fazendo de tudo para deixar de ser. Só estou ainda intrigado com o fato de M. L. ter dado meu telefone para o seu atual namorado ou seja lá o que for.

A última pergunta, a que sobra depois de tudo isso pelo que venho passando, é a seguinte: estou me tornando um ser humano melhor? Mais maduro? Mais sábio? Bem, não sei se música clássica, por si só, torna alguém melhor; nem a literatura ou bons filmes. Desde que me envolvi com a Thaís e, conseqüentemente com a dita "alta cultura", não me vejo como um cidadão melhor, no sentido de cumprir melhor a legislação, por exemplo. Por enquanto, ainda sou o mesmo nesse campo. Por outro lado, acredito que ando mais reflexivo, o que deve ser o maior ganho até agora. Só o fato de pensar nisso, pensar que estou refletindo, já me faz ver as coisas diferentemente. Tudo começou com aquela revista no banheiro, somado ao aparecimento da Thaís. Talvez alguns de nós, seres humanos, estejam predispostos a ver despertado em si esse gosto por prazeres que exijam mais do que uma simples música de axé. Nada contra quem gosta de axé (mentira, tenho muita coisa contra quem se espreme atrás de um trio elétrico, faz xixi na rua, bebe até cair e beija 28 mulheres que não significam nada – será que virei um elitista? Será que é legal beijar um monte de mulheres que mal conheço? Se o Fábio de 18 anos me visse agora, provavelmente me chamaria de idiota, otário ou coisa pior). O certo é que algo me fascina nas composições clássicas. Existe um desafio maior, uma escalada íngreme, porém mais recompensadora. Confesso que, por enquanto, não é fácil ouvir uma sinfonia de quarenta e cinco minutos de duração. Ainda não sei o momento exato de bater palmas e me confundo com as classes de instrumentos. Durmo às vezes. Mas algo me toca – e me faz atingir um outro nível existencial. É como se não precisasse desabafar meus erros, traumas e tolices. Eles se vão com a música, enquanto ela dura. Não me acho melhor do que antes, nem melhor do que ninguém. Só descobri que eu posso mais e que tenho mais profundidade do que imaginava. Talvez seja por isso que dizem que a arte, seja ela qual for, nos ajuda a entender melhor a solidão. E todos nós somos essencialmente solitários, pois enfrentaremos o momento final – a morte – sem a companhia de ninguém. Toda essa minha reflexão foi feita ao som de Beethoven, compositor que considerei adequado para pensar, nem tanto para dormir. Suas explosões me despertavam. Naquela noite, vi que tinha que intensificar meu aprendizado. Não podia deixar nada para depois. Seria tudo de uma vez só, com ou sem a ajuda do Turco. Música clássica, literatura, filmes e arte. Nada vai escapar. Quero recompensas intelectuais. Cansei de ser mais um na multidão, no meio de um rebanho sem entender por quê. Provavelmente continuarei na multidão, sendo mais um advogado no teatro das disputas judiciais, com juízes como autoridades do distante e abstrato Estado e eu, mais um ator, uma pequena peça no tabuleiro. Mas quero entender um pouco melhor a peça e saber meu lugar nesse tabuleiro. A vida é muito curta para ser desperdiçada em prazeres que, a partir de hoje, para mim, são passageiros. Agora é deixar o sono vir. Amanhã procuro uma boa lista de livros para começar minhas leituras. Boa noite, travesseiro.

CAPÍTULO XIX
Outro e-mail

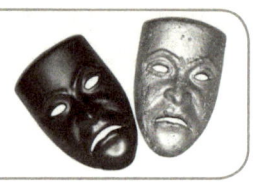

Domingo nublado, com possibilidade de chuva. Oito e trinta e três, vinte e dois graus centígrados. Acordei confiante e fui logo conferir meus e-mails. Encontrei mais duas biografias que o Turco enviou. Respondi pedindo um livro que me indicasse outros livros, os melhores da literatura mundial. Imprimi o e-mail do Turco para ler depois do jornal.

De: felipmarcoturco@....com.br
Para: fabioadv@....com.br
Assunto: Aulas para um mentiroso conquistador 3

Fábio,

Estou aqui em casa, sábado à noite, todo mundo deve estar se divertindo... E eu aqui. Descobri que sou um grande amigo de alunos, mas alunos não dão futuro ao professor. O que quero dizer é: saio com eles, vou a churrascos, organizo festas, etc., mas eles se formam, vão embora e eu vou trocando de amizade a cada seis meses. Hoje, por exemplo, não tinha ninguém livre – e as mulheres dessa turma atual já estão comprometidas ou têm outros programas para sábado à noite. Sobrou o Turco aqui. Por isso, resolvi mandar este e-mail para você. Peguei um filme para rever, Manhattan, do Woody Allen, e fiquei todo emocionado, querendo achar alguém para mim. A que ponto cheguei? Bom, vamos deixar isso pra lá.
Me conta da sua festa! Foi boa? Espero que sim. Acho que estou de mau humor porque tô cheio de prova para corrigir... Vai fazer o q hoje? Se estiver livre, vamos fazer alguma coisa!

Abs.

Felipe Marco

P.S.: Segue a aula de hoje:

5) FRANZ JOSEPH HAYDN (1732-1809)

O quinto do nosso ranking. Haydn é o compositor de sinfonias alegres, para quando você estiver triste e chateado (como eu estou hoje... mas, como quero continuar na deprê, estou ouvindo Berlioz – depois explico). O próprio Haydn disse que, se Deus lhe deu um coração cheio de alegria, Ele o perdoaria por servi-lo alegremente. Era um homem solitário (talvez o seu amigo mais próximo tenha sido um jovem chamado Mozart), mas sua música era para cima. Não se deve concluir que, pelo fato de sua música ser feliz, ela não tem profundidade. Sua contribuição para a música clássica é enorme.

Conhecido como o pai da sinfonia, na verdade, ele não a inventou, mas é o grande responsável pelo seu desenvolvimento. Segundo a obra que uso de referência para estes e-mails, ele é o quase inventor (certamente quem cristalizou) do quarteto de cordas e o avô da sonata.

Haydn nasceu na vila de Rohrau, na Áustria. Foi educado na catedral em cujo coral ele cantava, até que sua voz mudou. Então ele passou a ganhar a vida tocando um cravo quebrado e cantando nas ruas. A aristocracia o descobriu, e ele passou a maior parte de sua vida perto de Viena, num tempo em que a música pertencia primordialmente à nobreza. O lema de Haydn era: "Seja bom e trabalhador e sirva a Deus continuamente." Ele amadureceu lentamente como compositor, só passando a escrever as músicas que lhe garantiram o quinto lugar no nosso ranking após seus 40 anos. Se ele tivesse morrido cedo, não haveria Haydn na história da música. Ele não era um gênio espontâneo, como Mozart e Schubert.

Haydn morreu em 1809, aos 77 anos. Sua composição mais marcante foi o oratório "A criação", escrita depois dos 60.

Das coisas que li sobre ele, o que mais me marcou foi sua

opinião sobre as pessoas influentes com quem ele tinha contato: "Eu tenho me associado com imperadores, reis e muitas pessoas grandiosas e ouvi muitas coisas elogiosas dessas pessoas, mas eu não viveria em relações familiares com tais pessoas; eu prefiro estar perto de pessoas do meu próprio nível."

INICIAÇÃO A HAYDN

Sinfonias:

1) N.º 94 em G (Surpresa)
2) N.º 104 em D (Londres)

Outros trabalhos orquestrais:

3) Concerto em E-bemol para Trompete e Orquestra

Música de câmara:

4) Quarteto de Cordas: Op. 76, n.º 4 em B-bemol

Música Vocal:

5) Oratório: A Criação

6) JOHANNES BRAHMS (1833-1897)

Todo ranking é discutível. Muitas pessoas são revoltadas com esse tipo de classificação comparativa. Nesse contexto, Brahms talvez seja o compositor que mais desperta sentimentos contraditórios. Para muitos, ele é um dos três maiores (os chamados 3 Bs: Bach, Beethoven e Brahms). Para outros, ele é um artista menor. Apesar disso, hoje existe um consenso de que ele foi uma estrela.

Brahms venerava Beethoven e Bach. Ele acreditava nas formas convencionais e era contra a rebeldia de Wagner e Liszt. Duas palavras são constantemente usadas quando se fala de

Brahms: nobreza e integridade.

Brahms compôs muito, e grande parte do que ele criou é tão popular hoje quanto há um século atrás.

Brahms nasceu em Hamburgo, em 1833. Teve uma infância complicada (seus pais brigavam e ele odiava a escola, onde era perseguido pelos colegas). Seu pai o ensinou a tocar piano e, dos 10 aos 11 anos, ele ganhava alguns trocados tocando em bares que os marinheiros freqüentavam. Ainda assim, algum dinheiro sobrou para algumas aulas de piano. Fez um recital aos 15 anos e então tentou compor um pouco, antes de parar para ensinar piano em tempo integral para viver. Em 1853, aos 20 anos, ele conheceu um violinista errante húngaro chamado Eduard Remenyi, um encontro que iniciou uma série de contatos que o levaram ao violinista Joseph Joachim e depois Liszt, Schumann, etc. Essas três figuras, de grande importância na Alemanha da época, tiveram um grande impacto na vida de Brahms. Brahms chegou a visitar Liszt em Weimar. Depois foi até Schumann e sua mulher, a pianista virtuose Clara, em Düsseldorf. Os Schumann ficaram maravilhados com seu talento. Robert Schumann chegou a escrever num jornal que Brahms era um gênio. Brahms viveu com os Schumann por vários meses e ficou muito ligado a eles. Tão logo partiu, teve que voltar, pois Schumann, deprimido, tentou se afogar no Reno, antes de passar seus dois últimos anos num asilo. Para o resto de sua vida, Brahms amou Clara e trocou correspondência com ela. Ela era catorze anos mais velha que ele; eles nunca se casaram e não ficou claro que tipo de amor um nutria um pelo outro. Como conseqüência de suas relações com os Schumann, o jovem Brahms se tornou famoso rapidamente, muito antes do que Beethoven e Bach.

Enquanto sua música era nobre e clássica, ele era um homem rude, difícil de conviver, pão-duro, que falava o que pensava. Ele morreu em 1897.

INICIAÇÃO A BRAHMS

1) Sinfonia nº 1 em C menor
2) Concerto para Piano nº 2 em B-bemol

3) Concerto para Violino em D
4) Quinteto para Clarinete em B menor, Op. 115
5) Vinte Miniaturas para Piano, Op. 116 a Op. 119

P.S.2: Até quando você vai continuar mentindo para a pobre da Thaís? Cuidado! Quanto mais tempo você demorar, pior será dizer a verdade!!!!

Capítulo XX

Conversas com o Turco

Antes mesmo de esperar a resposta do meu e-mail pedindo a indicação de livros para o Turco, liguei para ele. Sua voz não estava muito legal:

— Oi, desculpe pelo e-mail. Sábado à noite sozinho dá nisso.

— Eu sei como é. Já tive vários.

— Se eu fosse adolescente, um filme pornô resolveria meu problema, mas hoje não dá, né. Fiquei só deprê mesmo.

— Você quer passar aqui em casa?

— Você já deve ter seus programas com a Thaís. Não precisa se preocupar, tenho um milhão de provas pra corrigir.

— Mas pensei que fotografia não tivesse prova!

— É que assumi uma outra matéria, mais teórica. Estudos da recepção. Aí já viu. É prova que não acaba mais.

— Eu não tenho nada combinado com a Thaís. Podemos sair de tarde ou até almoçar, se quiser.

— Almoço é uma boa. De tarde, continuo trabalhando. Você passa aqui?

— Tudo bem. Passo meio-dia e meia.

Passei lá, e ele já estava me esperando na rua. Fomos ao Art Beef, um restaurante bem legal, com excelentes carnes. Fizemos nossos pedidos. Disse a ele sobre o meu plano de intensificar meus estudos, agora direcionando um pouco para a literatura. Ele pensou um pouco e me respondeu.

— Não quero desanimar você, mas seu plano é impossível de ser executado em pouco tempo. O que você quer demora anos!

— Mas já avancei tanto em tão pouco tempo! Deve existir um jeito de conseguir me tornar alguém melhor. Cansei de ser estúpido. Me controlo para não fazer piadas machistas. Estou tentando o meu melhor.

— Se você não trabalhasse — dizia o Turco, enquanto comia as azeitonas do couvert —, talvez andasse tudo mais rápido. Mas você só tem os fins de semana, que, por sinal, estão cada vez ficando mais ocupados com a Thaís.

— Não me desanime, por favor. Eu poderia muito bem querer continuar sendo um alienado, um troglodita cultural, mas não, não quero isso para mim. Hoje eu sei que existe um mundo de filmes, livros, quadros, músicas e tantas coisas interessantes... Não posso ficar de fora. Se tanta gente sente prazer com isso, por que não eu? — dei um suspiro e continuei: — Por exemplo, vi um filme outro dia do David Lynch, *Cidade dos Sonhos*. Não entendi nada, absolutamente nada quando vi. Depois, procurei saber alguma coisa sobre ele. Hoje, sei que é um filmão! E a sensação de estranheza, medo, ansiedade que senti durante o filme foi algo único.

— Há quem diga que a verdadeira arte é a originalidade que nos causa estranheza. Tudo bem, realmente não acho legal ficar desestimulando você. Você tem razão em querer isso. É que sempre gostei do meu amigo torcedor de futebol, meio machista, que ia ao shopping, mas não entrava em livrarias. Eu estava acostumado ao velho Fábio. Bom, olhando por outro lado, agora vou ter sua companhia nas livrarias.

— Pode apostar, Felipe. Agora não dá para voltar atrás. Com ou sem a Thaís.

Turco continuou, logo depois de cuspir um caroço na sua mão.

— Desculpe o meu pessimismo de hoje. Deve ser por isso que tentei desestimular você. Por favor me perdoe.

— Mas não vejo razão para isso! Você tem um emprego bom, conhece muita gente legal na faculdade, sai com várias mulheres interessantes — enquanto eu falava, Turco balançava sua cabeça negativamente. — O que é isso? Por que esse jeito deprimido?

— Não sei, Fábio. Não acho ninguém legal, sabe. A longo prazo. Eu sei que não é o momento para ficar pensando nisso, sei que sou novo e que nem as mulheres hoje se preocupam tanto com isso. Mas eu sempre fui um cara romântico! Sempre tive um outro Felipe Marco aqui dentro que ninguém conhece.

Felipe tomou ar e continuou, diante da minha cara de espanto.

— Eu não vi o filme do Woody Allen ontem à noite. Eu vi *Quer dançar comigo*, com Richard Gere e Jennifer Lopez. Acredita? J. Lo e o canastrão do Richard Gere! E o pior é que eu adoro esse filme! Vi duas vezes ontem.

Turco parou um pouco. Ele sabia que havia se exaltado. Tomou um pouco do seu guaraná e continuou:

— A propósito, acho que você está fazendo como o personagem principal do filme, o do Richard Gere.

— O que ele faz?

— Ele quer ser mais feliz do que é, embora tenha um bom casamento, uma ótima família e um emprego estável.

— Então ele começa a se interessar por arte?

— Não. Ele começa a fazer aulas de dança. No caso dele, a sua dança é a cultura. Você quer ser mais feliz do que é. Cada um acha um jeito.

— Qual é o seu jeito?

— Só quero uma namorada legal. Desde a Juliana, mil anos atrás, fiquei traumatizado. Acho que sou incapaz de amar. E tento negar isso, tento não pensar nisso. E a pior coisa que pode acontecer com um ser humano é ter um pensamento que ele quer negar. Quanto mais ele nega, mais o pensamento o persegue. É uma maldição.

— Então o que você está me dizendo é que você não quer pensar que você desaprendeu a amar, mas você pensa nisso o tempo todo. É isso?

— Exatamente. Pode virar uma síndrome do pânico, estou com medo, Fábio.

Paramos para pensar. Olhamos em volta, as mesas do restaurante ocupadas, o som de vozes preenchendo o tempo que passava. Quantas pessoas não vivenciam isso? Pensar demais. Medo de pensar demais. Não conseguir escapar de uma idéia recorrente que insiste em voltar, e voltar, e voltar. Os minutos continuaram conosco até que me lembrei de algo que talvez pudesse ajudá-lo.

— Lembra a minha época de faculdade, quando eu vivia adoecendo? Sabe por que eu adoecia, sempre com dor de garganta?

— Por quê?

— Porque eu tinha medo de adoecer com dor de garganta. O poder da mente é fenomenal! Quando eu estava saudável, eu começava a pensar: "Meu Deus, já está na hora de cair de cama de novo." E então eu queria negar esse pensamento, e isso me perseguia. Eu não conseguia vencê-lo. E então ficava doente mesmo, quase todo mês. Sabe como que eu melhorei? Simplesmente relaxando. Pensando que pior do que adoecer era o medo de adoecer. Melhor seria deixar que as coisas acontecessem. Quando o medo surgia, eu pensava: posso ficar doente, posso morrer, não estou nem aí.

— Você venceu a central.

— Que central?

— A central dos maus pensamentos que existe no nosso cérebro, sempre tentando realizar nossos piores medos. Eu já identifiquei em mim, só não consegui ainda vencer a maldita.

— Eu li uma vez num livro de ioga da minha mãe: nadar contra a corrente é pior. Deixe o rio levar você. Não lute contra o pensamento. A central é autodestrutiva, mas, se você parar para pensar, ela no fundo é parte de você também. Não existem dois Turcos aí dentro. Ela é você. Se quiser a sua morte, ela também terá um fim. Me desculpe os clichês, mas talvez ajude.

— Acho que existe um ditado russo que diz o seguinte: o mesmo martelo que quebra o vidro molda o aço.

Nossos pedidos chegaram. Se a vida é o martelo, temos que escolher entre ser o vidro ou o aço, entre deixar pensamentos nos derrubar ou fortalecer. Prefiro fortalecer. E, naquele almoço tão importante para o meu melhor amigo, tentei, de todas as formas, lhe dar forças.

Relaxamos depois. Vi claramente que Felipe queria desabafar. Desapareceu o peso de seus ombros, só pelo fato de se abrir comigo. Talvez, mais tranqüilo, ele consiga o que quer: uma boa namorada, uma companheira para a vida. O que quase todos nós, humanos, queremos.

Enquanto eu esperava o tiramissu que pedi de sobremesa, não agüentei e fiz uma última pergunta:

— Você esconde mais algum filme ou outra coisa de mim, seu melhor amigo?

— Muitas coisas. Gosto do Prince, mas não é fácil falar isso com qualquer um — e soltou uma boa gargalhada —, e adoro comédias românticas de um modo geral.

— Não vejo nenhum problema nisso, Turco.

O tiramissu chegou. Enquanto eu comia, Turco disse que me ajudaria com a literatura, sem deixar de continuar ensinando sobre músicas clássicas e filmes. Falei com ele que eu teria que ver, o mais rápido possível, o filme com o cara que dança e a J. Lo. Ele me disse para ver sozinho, pois Thaís teria muitos preconceitos. Pode ser.

Embora não tenha comentado antes, durante o almoço, troquei três mensagens com a Thaís. Uma de bom dia. Outra respondendo ao *"onde vc tá?"* A terceira, prometendo passar na casa dela à tarde.

Capítulo XXI
Aula de literatura... Só à noite

Sabia que havia colocado Turco numa situação difícil, afinal como alguém pode escolher as melhores obras literárias do mundo? Será que existe um plano de leitura para uma vida? Ele, para minha surpresa, não se intimidou. Depois de me agradecer pelo almoço, prometeu que me enviaria mais um e-mail ainda no domingo, nem que ele tivesse que atrasar a correção das provas.

Combinei de encontrar com a Thaís às três e já eram duas e meia. Ainda não havia pensado em nada para fazer. De qualquer jeito, eu teria que visitar meus pais naquele domingo. De repente, surgiu uma idéia: por que não unir meu encontro com a Thaís à minha obrigação de ver meus pais? Não que fosse uma obrigação ruim. Era um prazer ver meus pais. Ultrapassar, de uma vez, a hipertensa ocasião de "conhecer os pais" era algo que me agradava. Infelizmente, ao mesmo tempo, sentia aquela ponta de pavor sobre meu emaranhado de mentiras. A verdade teria que surgir da minha boca, com as minhas palavras de advogado facilitando o caminho. Mães são terríveis em contar coisas embaraçosas sobre os filhos – quando passamos seu batom aos 2 anos de idade ou fomos pegos fazendo algo proibido na escola. Um diálogo despretensioso poderia se transformar na minha derrocada. A missão "conhecer os pais" foi abortada. Pelo menos, foi o que pensei.

Quando cheguei e estacionei o carro em frente ao prédio de Thaís, liguei para ela. Casualmente, como se fosse a coisa mais natural do mundo, ela me fez um convite: era para eu subir até o seu apartamento. Pensei que ela estaria sozinha, que teríamos todo o tempo do mundo para namorar e, obviamente, fazer amor. Só não contava com a missão planejada por ela. Fábio foi vítima do "conhecer os pais" no domingo à tarde.

Capítulo XXII
Os pais de Thaís (ou: é por isso que ela é tão sofisticada)

As poucas coisas de que tomei conhecimento sobre os pais dela eu soube nas típicas conversas de início de relacionamento, nas quais quase tudo é dito sobre um e outro. Começo de relação é o momento de passar três horas conversando ao vivo e mais uma hora ao telefone no mesmo dia, sobre sua viagem ao Nordeste, seu primo rico, sua turma de faculdade e, obviamente, sua família. Numa dessas conversas, soube que o pai dela tinha um alto cargo numa multinacional norte-americana ligada ao varejo, com supermercados em todo o mundo, etc. E que a mãe era de uma família tradicional — o pai dela foi dono de uma fábrica de móveis, vendida para um grupo maior com sede em Minas Gerais. Com isso, ele deixou a família muito bem financeiramente: a avó de Thaís e as duas tias.

Chegando ao apartamento, na cobertura do prédio, fui recebido na porta por uma sorridente Thaís. Ela estava especialmente bela naquele domingo, com o cabelo preso, brincos de argola, calça jeans e camisa azul-clara. Na minha chegada, vi as pessoas que estavam sentadas no sofá da sala de visita. Um homem alto, de cabelo castanho-claro, calça e camisa social, e uma mulher de cabelo castanho-escuro, curto, bonita e vestida com muito estilo. Thaís, então, me apresentou aos seus pais: Paulo e Helena.

— Finalmente conhecemos esse Fábio de quem a Thaís fala tanto! — disse a mãe.

— É um prazer conhecê-los também! A Thaís sempre fala com muito carinho de vocês.

Na verdade, não esperava que fosse conhecer os pais da Thaís tão rapidamente. Há duas semanas nos conhecíamos? De qualquer jeito, era pouquíssimo tempo para conhecer os pais, algo geralmente feito no segundo mês de namoro. Isso talvez quisesse dizer alguma coisa sobre nós. Tudo parecia tão perfeito, nossa química era tão intensa que mesmo conhecer seus pais com tamanha antecipação ocorreu de forma natural. Simplesmente parecia a coisa certa a ser feita.

Os pais dela me fizeram todo tipo de pergunta, enquanto passávamos a tarde sentados na sala, bebendo o suco que a mãe havia feito. Como eles eram legais. Contei tudo sobre a minha vida – o escritório onde trabalho, o que meu pai faz, onde estudei, nasci, etc. Mas, ao contrário do que possa parecer, não foi um interrogatório da Gestapo. A conversa foi leve. Thaís fazia de tudo para me deixar à vontade. Até que o assunto tomou um rumo indesejado.

Foi quando Thaís disse ao pai que eu adorava Bach e que havíamos ido a um concerto há pouco tempo. Busquei no fundo de minha memória a frase sobre Bach que poderia impressioná-los. Nada. O pai falava sobre sua coleção de CDs eruditos, quando, como que por encanto, vieram as mesmas palavras ditas naquele concerto: "Bach era um gênio melódico." Dito isso, vi no rosto do pai aquele ar de satisfação por encontrar um interlocutor que partilha dos mesmos prazeres. Fomos então conhecer a tal coleção de CDs.

O cômodo para onde nos dirigimos era impressionante, um minicinema com toda a tecnologia disponível para som e imagem. Impressionado, fiz elogios que deixaram Paulo empolgado. Começou por me mostrar suas gravações importadas. Quando ele me perguntava se gostava de um compositor em especial, eu sempre concordava. Foi quando, por sorte, enxerguei uma divisória com outros CDs, entre os quais muita coisa de rock. O fato é que Paulo era fã dos Beatles. E eu também. Ele começou a colocar os CDs para tocar. Ao som de *Lucy in the Sky with Diamonds*, *Penny Lane* e outras pérolas, passamos boa parte da tarde. Melhor início não poderia ser.

Notei que Thaís queria ir embora. Antes de sair, Paulo me perguntou se eu queria tomar algum CD emprestado. De música clássica, peguei algo diferente, para sair da mesmice e demonstrar que conheço outros compositores além dos tradicionais Mozart e Bach. Escolhi um tal de Arnold Schoenberg, de uma coleção chamada *20th Century Classics*. E de rock peguei uma coletânea do The Turtles.

Descendo no elevador, Thaís me disse que seus pais me adoraram. Eu disse que a recíproca era verdadeira e estava sendo sincero. Paulo e Helena eram pessoas sofisticadas, mas simples, nem um pouco pedantes. Por isso Thaís era uma mulher tão especial, tendo crescido num ambiente tão interessante do ponto de vista cultural. Ela então fez uma proposta irrecusável para que fôssemos ao meu apartamento, os dois juntinhos sem ninguém por perto para incomodar. Traduzindo: vamos fazer amor.

Capítulo XXIII

SCHOENBERG NO APARTAMENTO

Assim que chegamos ao apartamento, fui até o meu CD player e coloquei Schoenberg, para ser mais exato a obra *Noite Transfigurada* (*Verklärte Nacht*, op. 4), um sexteto de cordas baseado no poema de Richard Dehmel, tocada pelo Quarteto LaSalle. Enquanto distraidamente lia essas informações no verso do CD, não pude ver o desastre que estava causando naquele exato instante em que Thaís entrava no meu quarto para tirar seus sapatos e roupa.

De manhã, sem tempo para me dedicar à leitura atenta do e-mail do Turco, imprimi-o e deixei-o imprudentemente em cima da minha cama. Para quem não se lembra das palavras finais da correspondência e todo o seu potencial destrutivo, repito-as aqui, para não deixar qualquer dúvida: *Até quando você vai continuar mentindo para a pobre da Thaís? Cuidado! Quanto mais tempo você demorar, pior será dizer a verdade!!!!* E, para quem não se lembra do título do e-mail, lá vai: *Aulas para um mentiroso conquistador 3.*

Tendo como trilha sonora a música mais triste que já havia escutado em toda a vida, vi desabar na minha frente tudo aquilo que achava que era perfeito. Após a leitura daquelas 22 palavras no fim do e-mail, Thaís veio até mim com a face transtornada, seus olhos carregando uma dor terrível, cada lágrima de seus olhos verdes, uma punhalada no meu coração.

Ela não disse uma única palavra. Passou por mim, perguntei o que acontecera, mas não deu tempo. Ela bateu a porta e sumiu pelas escadas. Rapidamente, fui até o quarto, onde vi a arma do crime: o e-mail espalhado, duas folhas no chão e outra na cama. Fui tomado por um incontrolável desespero. Saí correndo atrás dela, chamei o elevador, mas, impaciente com a espera, resolvi descer pelas escadas. Chamava seu nome, contudo não obtinha resposta. Ao mesmo tempo, tentava o celular, também sem sucesso. Os segundos (ou seriam minutos?) que gastei indo até o quarto para ver a causa da reação de Thaís foram suficientes para que ela escapasse com folga. Quando cheguei ao saguão do prédio, perguntei ao porteiro se tinha passado por ali a moça que estava comigo. Ele me mostrou o caminho que ela tomou. Corri um bom tempo, mas não a encontrei. Ela provavelmente se escondeu ou correu mais rápido do que eu supunha. Voltei para o apartamento, sem saber o que fazer. Eu era um homem desesperado e solitário, sufocado por um dos piores sentimentos do mundo: culpa.

Minha primeira reação mental foi culpar o Turco. Por que, afinal, ele escreveu aquilo no fim do e-mail? E o título? Mas, com minha cabeça transformada num turbilhão, logo pensei: a quem estava enganando? A fraude era uma construção minha. Melhor dizendo: a fraude era eu. Era questão de tempo até que algo desse errado, tive até sorte por não ter sido desmascarado antes. Pobre Turco, tudo o que fez foi ajudar um amigo ignorante. Tão ignorante que perdeu a única mulher que realmente lhe fez bem... a única que lhe mostrou que o mundo é muito mais que a superfície do fácil e comum.

Liguei para o Turco. Fui curto e grosso.

— Não precisa me mandar mais e-mail nenhum.

— O que aconteceu?

— Acabou essa coisa de querer ficar culto. Não me manda mais nada, entendeu? Acabou tudo. Com a Thaís também.

Desliguei, enquanto Turco falava, provavelmente com mil perguntas para me fazer.

Não dormi naquela noite, foi como se estivesse com febre. A cena com a Thaís voltava a minha mente o tempo inteiro. Resolvi, então, desistir de tentar dormir e fui para o computador. Conectado à internet, recebi o novo e-mail do Turco, aquele que ele havia me prometido sobre literatura, muito embora eu o tivesse alertado para não me mandar mais nada.

Capítulo XXIV

Amigos são para essas horas...

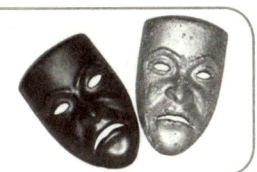

De: felipmarcoturco@....com.br
Para: fabioadv@....com.br
Assunto: Aula 4

Fábio,

Muito obrigado pelo almoço de hoje. Como não poderia deixar de ser, estou enviando este e-mail com todo o carinho do mundo, para o grande amigo que você é. Espero que aproveite e siga em frente na sua busca por conhecimento. Invejo sua obstinação e persistência. Tenho certeza que o fato ocorrido hoje, que está fazendo vc desistir de tudo, não tira a essência do fenômeno pelo qual está passando agora.

Desconfio que Thaís tenha descoberto tudo ou vc tenha dito a verdade para ela (e ela, provavelmente, ficou escandalizada, fechou a cara na sua porta — ou melhor, fechou a porta na sua cara, deve ser o sono — e disse que vai sumir da sua vida). Bem, se foi isso que aconteceu, em primeiro lugar, devo dizer que estou do seu lado. Acho até que ela não deveria ficar chateada, pois o que vc está fazendo POR ELA poucos fariam. Seu esforço, sua força de vontade, sua curiosidade artística não são qualidades vistas por aí facilmente. Vc me surpreende a cada dia, tornando-se uma pessoa melhor, mais inteligente, interessante e profunda. Por isso, não desista! Seja forte! Não desconte a dor de uma perda (que pode não ser definitiva) nesse novo Fábio e na nova vida que somente agora ele está descobrindo. Afinal, se algum dia ela quiser voltar, com certeza saber que seu desejo de conhecimento foi sincero vai contar pontos. Do contrário, ela verá que vc foi mesmo um mau ator, nada mais. Então, da minha parte, não vou desistir de ajudar você. Meu amigo, vc sempre esteve do meu lado nos momentos difíceis (lembra quando meu pai praticamente quase perdeu todo o dinheiro da minha família em duvidosos investimentos? Quando meu namoro com a Juliana acabou?). Hoje, sou eu quem vai ajudar. Queira vc ou não. É bom vc recordar que me disse, no almoço, que independentemente de Thaís, vc era um novo Fábio. É para ele este e-mail.

O que ler, Fábio? Já passados três milênios de criação literária, de Homero até hoje, sabemos que há mais obras para ler do que jamais houve antes. Por isso, na minha humilde opinião, devemos recorrer ao chamado cânone. Vou ter de usar aqui os trabalhos do crítico Harold Bloom, professor no Departamento de Humanidades da Universidade de Yale e no Programa de Pós-graduação em Literatura da Universidade de Nova York. Numa excelente obra de sua autoria, "Poesia e Repressão — o revisionismo de Blake a Stevens", encontramos uma boa explicação para o que seja cânone. Segundo Bloom, "a palavra 'cânone' remonta à expressão 'régua de medir' que, em latim, adquiriu o sentido adicional de 'modelo'. Em inglês [como em português], significa código religioso, lei secular, padrão ou critério, uma parte da missa católica ou, ainda, um termo musical para um tipo de fuga, bem como tamanho de uma letra tipográfica. Também a empregamos para listas consagradas de obras sacras ou seculares, de um autor ou de vários". O fato é que ler, hoje, pressupõe escolher, afinal não há tempo suficiente para ler tudo, ainda que um sortudo vivesse somente para esse fim. Por isso, vou recorrer ao cânone para ajudá-lo, ou seja, busquei uma lista dos melhores autores da história literária ocidental feita por Harold Bloom, em sua obra, que vem bem a calhar para nós, "O Cânone Ocidental". De acordo com Bloom, sua escolha não é tão arbitrária quanto possa parecer — ele tentou "encarar diretamente a grandeza: perguntar o que torna canônicos o autor e as obras". A resposta seria a estranheza, "um tipo de originalidade que ou não pode ser assimilada ou nos assimila de tal modo que deixamos de vê-la como estranha". Não é esse o efeito de qualquer obra de arte sobre nós, Fábio? A estranheza inicial diante do novo mistério? Os bons livros nos fazem sentir estranhos em casa. O que me faz pensar na distância que separa o prazer proporcionado por uma música funk de um texto de Montaigne, por exemplo. Cada vez mais, desaparecem os verdadeiros leitores. Pode-se dizer que nos encontramos envergonhados, sitiados, amedrontados. Me lembro agora de minha adolescência, quando quis me aproximar de uma garota chamada Lívia. Nós nos víamos sempre no verão, no litoral do Espírito Santo. Assim que a conheci, tive o ímpeto de declamar um pouco de Vinicius de Moraes para ela. Vi no seu rosto o choque. Era como se ela pensasse: esse garoto é bizarro! Nem preciso dizer que nunca tivemos nada e, no mesmo verão, ela estava com o rapaz de brinco e boné que falava gírias e gostava de rap. Quero dizer com isso que os leitores dedicados, fortes, corajosos são um tipo em extinção. E o grande problema é aquilo que Bloom coloca com muita precisão: "Pragmaticamente, o valor estético pode ser reconhecido ou experimentado, mas não pode ser transmitido aos incapazes de aprender suas sensações e percepções. Brigar por ele é sempre um erro." Forçar o prazer literário é impossível. Tente convencer um viciado em micaretas e axé a trocar o suor e a imersão em litros de cerveja por uma imersão em Shakespeare. Você poderá ser assassinado. Estou sendo elitista? Pode ser que sim. Mas acho difícil imaginar Drummond ou Jane Austen trocando o mundo da literatura pelo top 20 de nossas rádios FM ou programas de auditório dominicais. O atraso cultural parece ser a regra hoje entre nós, particularmente no Brasil, país de tantos iletrados, pouquíssimas livrarias, baixa tiragem dos livros e desinteresse geral pela cultura.

Mas você já está bem ciente dos prazeres difíceis, não é? Música clássica foi o seu começo. Agora, entram as peças, os poemas e romances, todos eles trazendo as perturbações humanas, inclusive a maior delas: o medo da mortalidade (lembre-se: é a busca da imortalidade através da existência eterna na memória da sociedade que forja a criação artística). Fábio, você está no caminho certo, buscando crescer, entender melhor a si mesmo. A partir de agora, você "desfruta dos difíceis prazeres da apreensão estética, aprende os caminhos ocultos que a erudição nos ensina a trilhar quando rejeitamos prazeres mais fáceis". A verdadeira leitura é uma atividade solitária e, como bem coloca nosso amigo Harold Bloom, "encarar a grandeza de frente quando lemos é um processo íntimo e dispendioso". Mas as recompensas são inúmeras. Como você já vem descobrindo nessa sua breve, mas produtiva, caminhada.

Vamos, então, aos autores. Bloom faz uma primeira lista, com os autores que ele julga imprescindíveis para qualquer leitor que se preze (e também pela impossibilidade de escrever um livro sobre TODOS os autores canônicos de toda a história). No final da obra, ele cataloga todos os escritores que considera dignos de fazer parte do cânone, divididos pelo período histórico e região. Obviamente, aconselho você a comprar o livro se quiser ler todos os indicados (inclusive o nosso Carlos Drummond de Andrade, o único brasileiro que se encontra lá — em declarações recentes, Bloom disse que só não acrescentou Machado de Assis, pois, na época, não havia lido ainda uma boa tradução e que, hoje, tem certeza de que se trata de um autor digno de fazer parte do cânone). Os principais, os quais ele analisa no livro, são:

- Shakespeare (Obra completa; tanto peças quanto poemas)
- Dante (A Divina Comédia)
- Chaucer (The Canterbury Tales)
- Miguel de Cervantes (Dom Quixote)
- Montaigne (Ensaios)
- Molière (O Misantropo; Don Juan)
- Milton (Paraíso Perdido)
- Dr. Samuel Johnson (Works)
- Johann Wofgang von Goethe (Fausto, partes 1 e 2)
- William Wordsworth (Poemas)

- Jane Austen (Orgulho e Preconceito; Emma; Persuasão; Razão e Sensibilidade)
- Walt Whitman (Folhas da Relva)
- Emily Dickinson (Poemas)
- Charles Dickens (David Copperfield; As Aventuras de Oliver Twist; Grandes Expectativas)
- George Eliot (Middlemarch)
- Leon Tolstoi (Guerra e Paz; Anna Karenina)
- Henrik Ibsen (Peer Gynt; Hedda Gabler)
- Sigmund Freud (Interpretação dos Sonhos)
- Marcel Proust (Em Busca do Tempo Perdido)
- James Joyce (Ulysses; Finnegans Wake)
- Virginia Wolf (Mrs. Dalloway; Orlando)
- Franz Kafka (Amerika; O Processo; O Castelo; Metamorfose; Contos)
- Jorge Luis Borges (O Aleph e Outras Histórias)
- Pablo Neruda (Poemas)
- Fernando Pessoa (Poemas)
- Samuel Beckett (Esperando Godot; Endgame)

É uma lista bem internacional, não é? Por isso, não vou parar por aí. Não quero ser acusado de escolher somente estrangeiros, embora não veja pecado nenhum nisso. Todos os autores acima são indiscutivelmente grandiosos, como você poderá constatar quando ler suas obras.

Pesquisando meus guardados (que atire a primeira pedra o leitor compulsivo que não guarda recortes de revista ou jornal!), encontrei um "cânone nacional". Partindo da proposta ambiciosa de Harold Bloom, uma revista semanal brasileira (Veja, de 23/11/94) resolveu repetir a dose em nível nacional: fez uma enquete entre intelectuais brasileiros de porte, pedindo a cada um que fizesse uma lista das 20 obras mais representativas da cultura brasileira. A diferença aqui é que ela não se restringiu à literatura, incluiu também obras de qualquer setor e em todas as épocas. Chegou-se, finalmente, a um cânone de 22 livros. Os intelectuais consultados (alguns já falecidos hoje) foram:

o antropólogo Darcy Ribeiro; o historiador José Murilo de Carvalho; o cientista político Wanderley Guilherme dos Santos; o crítico literário Fábio Lucas; o economista Celso Furtado; o crítico literário Wilson Martins; o professor de literatura, ensaísta e crítico literário Alfredo Bosi; o escritor João Ubaldo Ribeiro; o economista Roberto Campos; os poetas José Paulo Paes e Ferreira Gullar; o historiador Francisco Iglesias; o antropólogo Roberto Damatta; o escritor Josué Montello; e o professor de literatura e ensaísta Luís Costa Lima.

O resultado foi variado, como disse, indo além da literatura:

1. Os Sertões – Euclides da Cunha (15 votos)
2. Casa-grande & Senzala – Gilberto Freyre (14 votos)
3. Grande Sertão: veredas – Guimarães Rosa (13 votos)
4. Macunaíma – Mário de Andrade (11 votos)
5. Dom Casmurro – Machado de Assis (8 votos)
6. Raízes do Brasil – Sérgio Buarque de Holanda (8 votos)
7. Memórias Póstumas de Brás Cubas – Machado de Assis (7 votos)
8. Vidas Secas – Graciliano Ramos (6 votos)
9. Um Estadista do Império – Joaquim Nabuco (6 votos)
10. Formação da Literatura Brasileira – Antonio Cândido (5 votos)
11. O Tempo e o Vento – Érico Veríssimo (5 votos)
12. Fogo Morto – José Lins do Rego (5 votos)
13. Formação Econômica do Brasil – Celso Furtado (5 votos)
14. Poesia completa – Gregório de Matos (5 votos)
15. Os Donos do Poder – Raymundo Faoro (4 votos)
16. Triste Fim de Policarpo Quaresma – Lima Barreto (4 votos)
17. Formação do Brasil Contemporâneo – Caio Prado Júnior (4 votos)
18. O Ateneu – Raul Pompéia (4 votos)
19. Iracema – José de Alencar (4 votos)
20. Gabriela, Cravo & Canela – Jorge Amado (4 votos)
21. Poesia completa – Carlos Drummond de Andrade
22. Poesia completa – Manuel Bandeira

Chega! Senão minha cabeça explode de tanto escrever e já está ficando tarde. Quando você ler este e-mail, não se esqueça de que está conhecendo um novo mundo, onde obras nos mostram um pequeno gosto da eternidade.

Sei que não dá para ler tudo. Trabalhamos, temos que ganhar dinheiro, teremos família e preocupações, como escola dos filhos, contas no fim do mês, carro no mecânico, etc. Entretanto, passar por esta vida assim, sem saber que há tanto para aprender e aproveitar, sem saber que pessoas deixaram suas marcas na história, não vale a pena.

Desculpe de novo pelo tamanho, ficou meio grande pra um e-mail, né?

Abs.

Felipe M.

Capítulo XXV
The Cure, trabalho (o verdadeiro companheiro dos solitários) e uma estranha visita

Li o e-mail do Turco com muita atenção, mas não o imprimi, por razões óbvias. Ele tinha alguma razão ao dizer que deveria seguir meu caminho rumo ao conhecimento. Quanto a isso, eu não ousaria discordar. Mas, naqueles dias que se seguiram ao grande trauma, só o que fiz foi trabalhar e ouvir meus velhos discos do The Cure. A banda inglesa foi feita para essas ocasiões. No carro, indo para o trabalho, minhas companheiras foram *Letter to Elise*, *Pictures of You* e *Just Like Heaven*. Para quem não ouviu, recomendo fazer isso agora.

Quanto ao velho clichê, dele não pude escapar: entrei de cabeça no meu trabalho. Retomei com garra meu apetite por audiências, contestações, recursos ordinários, agravos e tudo mais. Também cansei de permanecer passivo na arte de trazer clientes para o escritório. Fiz contato com um antigo membro do Rotary, amigo de meu pai, Isidoro Macedo, empresário de sucesso no ramo da construção. Naquela mesma semana, consegui uma reunião dele comigo e meu chefe, doutor Olavo, para apresentar nossos serviços. Pelo que tinha conhecimento, Isidoro não estava satisfeito com seus atuais advogados. Conseguir sua empresa como cliente seria uma grande vitória para mim e, com certeza, contaria muitos pontos dentro do Martins, Antunes e Resnik Advogados Associados.

A reunião estava agendada para quarta-feira. Depois de dois dias frenéticos, tentando não pensar em nada relacionado à Thaís — incluindo artes, culturas e erudição —, chegou a quarta, dia para o qual toda a minha ansiedade estava voltada. Tinha certeza de que Isidoro estava bem propenso a trocar de advogados. Só de aceitar ir até o meu escritório já era uma prova disso. Os principais pontos a resolver eram o preço, o modo de trabalho e a amplitude do serviço. Por várias vezes, falei com ele sutilmente sobre onde eu trabalhava, e ele sempre se interessou. Na última festa do Rotary a que compareci, ele chegou a me falar para ir até a empresa dele ("quem sabe poderemos trabalhar em alguma coisa juntos", ele disse). Mas, devo confessar, como peixe pequeno dentro de um grande escritório, deixei as coisas para depois, já que estava sempre submerso na rotina estressante de um advogado ocupado. Perdi a oportunidade. Mas agora não. O trabalho era meu verdadeiro companheiro, e eu devia dar algo em troca. Resolvi, então, investir em mim e no meu futuro dentro da firma. O dr. Olavo já não me via apenas como mais um por dois motivos: ele me achava culto (por causa da música clássica) e agora eu era um possível *rainmaker* (americanos falam que o advogado que traz clientes para o escritório é o "fazedor de chuva", expressão curiosa, no mínimo).

Isidoro deveria comparecer às onze, horário estratégico para depois, quem sabe, almoçarmos juntos. Às dez e meia, Soraia, minha secretária, veio até minha mesa, entregou-me uns documentos e disse:

— Tem alguém querendo falar com o senhor, dr. Fábio. Está lá fora aguardando o senhor.

Será que Isidoro chegou mais cedo, pensei. Perguntei a Soraia:

— É o sr. Isidoro, que está marcado para as onze?

— Não. É um tal de Cláudio.

Não me lembrava de conhecer nenhum Cláudio. Falei a ela para que o encaminhasse à sala de atendimento. Lá chegando, tive um choque: era Cláudio, o namorado bizarro da M. L.!

Cláudio chegou vestido formalmente, com um terno risca-de-giz visivelmente maior do que o recomendado. A camisa sobrava no pescoço, mais peludo que nunca. Lembrei-me dele logo que vi. Ele trazia na mão o livro *Diplomacia*, do Henry Kissinger.

Cumprimentei-o educadamente, e ele iniciou a conversa com amenidades.

— Quer dizer que este é o famoso escritório Martins, Antunes e Resnik Advogados Associados... — pressionou seus lábios um contra o outro e olhou em volta. — E como vai a namorada?

Tive vontade de assassiná-lo. Literalmente. Ir até o seu pescoço e calmamente sufocá-lo. Afinal, qual era o motivo daquele estranho aparecimento? Boa coisa não poderia ser pelo que podia perceber em sua face doentia.

— Não estou namorando — disse secamente, enquanto olhava no relógio, com a óbvia finalidade de demonstrar que meu tempo era curto. — Em que posso ajudar você, Cláudio?

— Não quero incomodá-lo, sei que estou passando sem avisar. Mas é que eu estou pensando em advogar antes de fazer concursos e pensei em vir até aqui para conhecer a estrutura, as pessoas envolvidas. Quero um escritório à altura do meu gabarito intelectual, um escritório de advocacia imediata... imediata. Já que eu conheci você (e penso que não temos motivo algum para não sermos colegas ou até amigos), achei legal vir ver você.

— Gostaria muito de poder levá-lo para conhecer o escritório e meus chefes, mas essa não é uma boa hora. Não me leve a mal.

— Não tem problema. O dr. Resnik é um grande nome da advocacia brasileira, não é? Tenho a obra dele completa sobre Direito Internacional Privado. Todos os livros. Se um dia você quiser, mostro minha biblioteca para você. São milhares de volumes.

Percebi que sua real intenção, por baixo de todo aquele teatro mal encenado, era conhecer o dr. Resnik. Mas, da minha parte, não deixaria que uma pessoa tão legal quanto o dr. Resnik caísse nas mãos do chato e interesseiro do Cláudio.

— É muito difícil falar com ele. A agenda dele é lotada. Ele vive no exterior.

A sala foi tomada por um silêncio constrangedor. Resolvi finalizar o embaraçoso encontro.

— Cláudio, me desculpe, mas eu tenho que trabalhar.

— Sem problema. Sem problema. Fui convidado para coordenar uma faculdade de Direito, sabia? Me ofereceram uma equipe, três secretárias de nível, não é qualquer uma. O dono da faculdade é muito rico e muito meu amigo.

Aquilo já estava passando dos limites, sendo que, agora, ele estava começando a exercitar sua mania de se dizer o melhor do mundo em alguma coisa.

— Que bom pra você — disse.

— Bem, se aparecer alguma abertura aqui, me dê uma ligada. Vou deixar meu cartão com você. Mas pode ligar para a gente sair para tomar um espumante — e soltou uma risada tensa, com seus dentes pressionados, como se aquilo fosse engraçado.

— Tudo bem. Eu levo você até a porta.

Depois que Cláudio foi embora, tentei analisar sua visita e não tive sucesso. Não entendi como alguém que namora sua ex-namorada pode aparecer como se fosse seu amigo, pedir emprego, dizer que é amigo de um milionário que lhe arranjou um emprego. E depois foi embora. Cláudio era surreal. No mau sentido, é claro.

Logo que voltei para minha mesa, fui avisado que Isidoro e seu braço direito já haviam chegado. Quando fui recebê-los, vi de relance, na sala de espera, Cláudio conversando com as atendentes. Intrigante, não?

O dia transcorreu muito bem no trabalho. Nossa reunião foi ótima, apesar de nada ter ficado definido. Apresentaríamos uma proposta dali a três dias. Independente disso, meu nome estava aparecendo positivamente para meus chefes.

Ao sair do trabalho, fui a uma locadora e livraria no centro, decidido a continuar minha saga rumo a uma vida mais repleta de cultura. Estava arrasado com tudo o que acontecera com a Thaís. Mas Felipe tinha me convencido com seu último e-mail. Eu teria que ser fiel a mim mesmo e continuar de onde parei. Meu plano era adquirir dois livros (um do cânone de Harold Bloom e outro do cânone brasileiro), além de alugar um filme da lista dos 100.

Entre os livros, senti um prazer único, a sensação de estar cercado por obras que enriqueciam a existência humana. Foi ótimo escolher o que iria ler nos próximos meses. Depois de folhear uma variedade enorme de títulos, eis a minha escolha: *Hamlet*, de Shakespeare; *Poesia Completa*, de Carlos Drummond; *Ensaios*, de Montaigne; *Os Sertões*, de Euclides da Cunha; e *A Magia do Cinema*, de Roger Ebert. Resolvi gastar um pouco mais e adquiri também um CD de Robert Schumann, o romântico, numa coleção vendida junto com um jornal. E, para finalizar minha seção cultural, peguei o filme *Cidadão Kane*, de Orson Welles.

No caminho de carro até meu apartamento, ouvi atentamente meu novo CD, o que tornou meu trajeto uma experiência bem mais suave e agradável. Adquirir cultura, sem o medo de ser desmascarado a todo tempo, era maravilhoso. Eu jamais sonhara em como a vida pode ser rica e interessante.

Chegando em casa, antes de ver o filme, procurei ler alguma coisa para entender o porquê de tanta aclamação pelos críticos.

Para esse fim, meu novo livro (*A Magia do Cinema*) foi de muita valia. Seu autor, Roger Ebert, crítico norte-americano, professor de cinema nas universidades de Chicago e Illinois, o analisou quadro a quadro com mais de trinta grupos. Segundo Ebert, "é um dos milagres do cinema que, no ano de 1941, um diretor de primeira viagem, um roteirista cínico e beberrão, um cineasta inovador e um grupo de atores de teatro e de rádio de Nova York tenham conseguido o controle total sobre um estúdio e realizado uma obra-prima". O roteiro foi inspirado na vida de William Randolph Hearst, que criou um império de jornais, estações de rádio, revistas, agências de notícias e depois construiu para si mesmo o monumento de San Simeon, um castelo mobiliado com relíquias coletadas mundo afora. O próprio Welles interpretou Kane, o magnata, desde os 25 anos de idade até a morte do personagem. O filme vai além da história de Kane, cobrindo também fatos interessantes como o nascimento dos jornais populares e do rádio, o poder das máquinas políticas, o surgimento do fascismo e o crescimento do jornalismo de celebridades. A última palavra de Kane explica o que é Rosebud, segundo Ebert, "mas não o que Rosebud quer dizer". Continua o crítico: "a construção do filme mostra como nossa vida, depois que partimos, sobrevive somente na memória dos outros, e estas lembranças se agarram contra as paredes que erigimos e os papéis que interpretamos." No final de sua análise, Ebert cria um *Guia para o Espectador de Cidadão Kane*. Tecnicamente, o filme trouxe várias novidades, algumas já sendo utilizadas por outros diretores na mesma época. São elas: a profundidade de campo (estratégia de iluminação, composição e a escolha de lentes que permitem que, dentro de um mesmo enquadramento, desde a frente até o fundo, tudo seja focalizado ao mesmo tempo); ilusões de óptica, como na cena em que vemos as janelas ao fundo, parecendo de tamanho normal (para, mais adiante perceber que as janelas eram enormes e Kane fica miniaturizado); tetos visíveis (antes de Cidadão Kane, não havia tetos nos filmes; utilizou tetos feitos de tecido que pareciam reais); cenários desenhados; fusão de imagens (apagar uma imagem enquanto é substituída por outra); cenas de multidão (embora pareçam reais, não houve uma sequer); entre outros.

Estava pronto para o filme. Assisti uma vez. Não resisti e assisti de novo, prestando mais atenção aos detalhes. *Rosebud*, o que mais posso dizer?

Capítulo XXVI
Eu estava mal, mas tudo andava bem, exceto...

A vida acaba se reajustando, esse é um princípio universal. Assim como as placas tectônicas, de tempos em tempos, têm de se reacomodar, causando um terremoto, nossas vidas passam por abalos sísmicos, para acomodar-se depois. A velha rotina estava de volta: o rádio-relógio como meu colega de quarto, o trabalho como meu companheiro inseparável, Turco dando suas aulas (e, segundo me disse, se interessando por mais uma aluna)... E eu comecei a ler muito, começando por Shakespeare, intercalando com Drummond. Não posso negar que ainda estava mal, mas tudo andava bem à minha volta, especialmente o trabalho. Isidoro Macedo estava quase finalizando a contratação, e meu nome estava em evidência, com novos projetos e chances aparecendo no escritório. Tudo dentro do previsto, exceto pelo telefonema tão bizarro quanto a visita de Cláudio no escritório, naquele dia. Numa noite qualquer, como quem não quer nada, me liga Maria Lúcia, sim, ela mesma, a famosa M. L., dizendo que queria bater papo.

— O que você quer? — perguntei depois dos cumprimentos de praxe.

— Estou precisando muito falar com você.

— Então fala.

— Posso subir? Estou dentro do carro em frente ao seu prédio.

Inacreditável! Maria Lúcia na porta do meu prédio? Não podia ser, isso era muito estranho. Ela estava tão segura naquela festa com a figura chamada Cláudio. Ex-namorada pedindo para conversar, com ar de seriedade e tensão, jamais significa coisa boa. Muito pelo contrário. Falei para ela subir.

— Oi, Fábio — ela entrou naquele apartamento que conhecia tão bem; da minha parte, estava vendo um filme antigo outra vez. Um filme não muito bom.

— O que você quer? Parece coisa séria.

— Eu terminei com o Cláudio.

— Bom pra você! Espero que tenha sido por um bom motivo.

— Foi... você.

Engasguei com o ar que respirava e comecei a tossir. Enquanto tossia, perguntei:

— Eu? Como assim eu? Você estava feliz com esse cara.

— Não estava, não. No fundo, achei que tinha superado nosso término, mas, depois de ver você com aquela garota na festa... O fato é que não parei de pensar em você. E o Cláudio... Bem, não gosto de criticar alguém com quem me envolvi, mas ele é um pouco psicopata.

— Psicopata? Concordo, o cara é completamente maluco.

— Ele tem fixação na mãe. E só tem amigos velhos, nenhum jovem suporta ficar ao lado dele por mais de vinte minutos. Eu tive que sair com casais de idosos de 70 anos, como se fosse uma saída com um colega de sala da faculdade.

— Até que isso é bom, não é? Ele é bom para os velhinhos, faz uma boa ação. Como você pode ser contra isso?

— Não tenho nada contra idosos, pelo amor de Deus! Adoro meus avós, mas daí a sair todo fim de semana com algum velho para programas como tocar acordeão... Pare de rir, é sério! Eu estou supertriste, me colocando numa posição humilhante falando que ainda quero dar uma chance para nós dois e você rindo?

— É que ele realmente é estranho. Ele quis conhecer o sócio mais velho do escritório. Vai ver ele quer é ganhar uma herança.

— Essa era outra loucura dele. Começar a trabalhar num escritório. Quando ele me disse que foi procurar você, foi a gota d'água. Como é que alguém vai procurar o ex da atual namorada para pedir emprego ou sei lá o quê? Até hoje, não sei o que vocês conversaram, ele não me dizia de jeito nenhum.

— E é arrogante também esse maluco!

— Mas não é por isso que vim aqui, não vim para falar do Cláudio. Tomara que ele seja feliz com os velhos, com as fotos, com a burrice. Não sei se você sabe, ele é metido a inteligente, mas é burro feito uma porta, o coitado. No fundo, quando ele me disse que você não estava mais com aquela menina, tive certeza de que perdôo tudo o que você fez comigo. Todo o seu machismo, tudo. Você tinha mais qualidades que defeitos, Fábio.

— Como é que você aparece assim, do nada, me propondo voltar? Minha vida está seguindo um caminho totalmente diferente do que era antes, Maria Lúcia. Eu não sou mais aquele homem machista e estúpido de antes. Para dizer a verdade, eu tenho que agradecer: você ter terminado comigo por aqueles motivos talvez tenha sido o maior favor que alguém me fez. Principalmente quando você me disse que eu não era culto o suficiente para você.

— Mas eu gosto de você do jeito que você é, meu amor! Não quero você tentando ser o que não é.

— É aí que você se engana. Existe um novo Fábio, que quis mudar e está descobrindo um novo mundo.

— Que novo mundo?

— Você sabia que estou lendo Shakespeare? E Drummond? E que vi um filme do Orson Welles? E que estou escutando Schumman?

Maria Lúcia ficou quieta. Acho que ela não esperava isso de mim. De repente, eu me tornei o príncipe encantando que ela já havia desistido de procurar.

— Fábio, meu amor, você fez isso tudo por mim? Que lindo!

— Não fiz por você. Fiz por mim. Acordei para a realidade. Na mesma época, li numa revista uma reportagem sobre como devemos criar uma zona interior de proteção contra toda essa loucura que é a vida moderna. Uma das coisas é aprimorar o senso estético, ler mais, meditar, refletir. Resolvi dar uma guinada na minha vida. Confesso que não é fácil.

— Fábio, podemos crescer juntos! Quando terminei nosso namoro, estava me sentindo vazia, entediada, queria dar um rumo na minha vida. Você era exatamente o contrário do que sonhava pra mim. E agora, vejo que você pode ser essa pessoa! Meu amor, vamos aprender tudo isso juntos!

Estava extremamente confuso. Não era uma mulher qualquer que estava na minha frente, me elogiando e me propondo uma vida juntos. Era a Maria Lúcia, minha ex, a mulher que me machucou e que iniciou a série de eventos que culminou com o novo Fábio, o faminto por cultura. Ela propunha criarmos uma zona interior de proteção em conjunto. Na minha cabeça, passavam imagens da Thaís, da fraude, da minha culpa — e tudo poderia ser esquecido quando voltasse para Maria Lúcia. Tomei ar e comecei a falar.

— Maria Lúcia, estou confuso. Não sei o que quero.
— Você não quer dar uma nova chance para nós dois? É isso?
— Não. Não é só isso. Estou confuso, não sei o que quero. Ou talvez eu saiba: quero fazer as escolhas certas. Não quero estar com você sem realmente estar com você, se é que você me entende.
— Mas...
— Só acho que devo voltar a namorar você quando tiver certeza que é isso o que eu quero. E agora, infelizmente, não tenho essa certeza.
— É aquela garota? Como é o nome dela?
— Thaís.
— É ela?
— É. Ainda não superei o que aconteceu entre mim e a Thaís.
— Não acredito. Tinha certeza que ela era seu estepe.
— Pode ser que tenha começado assim, mas depois foi muito mais.
— Mais do que a gente?

Fiquei quieto. Não sabia como comparar. Namorei três anos a M. L., fiquei com a Thaís algumas semanas. Em termos de intensidade, posso dizer que a paixão por Thaís ainda dominava meu coração. Maria Lúcia, então, diante do meu silêncio constrangedor, chorou. E aquilo cortou meu coração, como uma faca atravessando meu peito. Abracei M. L., e suas lágrimas molharam minha camisa. Ela disse:

— Se mudar de idéia, você sabe onde me encontrar.

Ela foi até a porta. Saindo do apartamento, antes de fechar a porta, eu a chamei. Ela olhou para trás e eu lhe disse:

— Você é um ser humano especial, Maria Lúcia. Com certeza, alguém legal vai cruzar seu caminho.

— Esse alguém está na minha frente — ela disse isso e fechou a porta.

Capítulo XXVII
No meio das nuvens, uma luz

Aquela noite foi conturbada, mais uma a me perturbar nos últimos tempos. Não conseguia dormir direito. As cenas se repetiam novamente como nuvens negras em minha mente: Thaís, Maria Lúcia, Turco, trabalho... O rádio-relógio marcava duas e vinte e sete quando acordei. Pensava em como as coisas andavam estranhas, como não conseguia ter clareza sobre a maneira de agir em relação a Thaís. Deveria ligar para ela e pedir desculpas? Ou partir para outra? Como desabafar minha culpa por ter me passado por alguém que não era? Diante de tantas indagações, decidi ler um pouco. Abri *Macbeth*, de Shakespeare, que havia comprado recentemente. Lia com calma, aproveitando cada linha. De repente, li uma fala de MacDuff, com o seguinte texto: "Aceite essa alegria: Até a noite longa acaba em dia." Era isso o que deveria fazer: esperar aquela longa noite passar por minha vida, para o dia chegar e eu poder encontrar melhores momentos. Empolgado com a sabedoria de Shakespeare, tive, então, uma iluminação: deveria escrever um livro contando minha transformação de homem superficial e vazio para alguém interessado por filmes, livros e música de qualidade. Claro, ainda não sou culto, muito menos referência em qualquer uma dessas formas de expressão, mas poderia dar ao mundo meu testemunho sobre como a gente pode se tornar alguém mais interessante quando adquire prazeres diferenciados. Poderia dizer ao mundo que o autoconhecimento é a melhor forma de garantir uma boa vida, saudável psicologicamente. Obviamente, o livro ainda seria um caminho para tentar reconquistar Thaís. Estava decidido: começaria a escrever um livro. Mas, antes, trocaria algumas idéias com o meu principal guru intelectual: Felipe Marco, o famoso Turco.

Capítulo XXVIII
Conversando com Turco

Liguei para o Turco durante a semana, convidando-o para trocarmos idéias. Na sexta-feira à noite, fomos até um café em estilo francês, extremamente agradável, local onde também são vendidos livros e CDs. Pedimos pão de queijo e capuccino. Falei com ele sobre minha idéia do livro e perguntei o que achava.

— É uma boa idéia, Fábio. Muito boa! Seria só o seu testemunho?

— A princípio, sim. Foi essa a idéia. Alguma sugestão?

— É que, talvez, não sei... Talvez seja mais interessante se você trouxer algumas informações para o leitor, para ele começar a gostar de livros e filmes. E música também. Seguir o seu caminho, a sua trilha.

— Boa idéia! Colocar informações que qualquer pessoa procuraria quando fica curiosa, como eu procurei.

— E eu ajudei.

Fiquei pensando e logo me veio outra idéia:

— E se eu usasse seus e-mails? Lá você dá excelentes dicas e dá o pontapé inicial para um leigo depois continuar sozinho. E você é muito melhor que eu nessas áreas.

— Sem problema, vai ser um prazer ajudar você.

— Nós podemos escrever o livro, se você quiser. Nós dois.

— Não, Fábio. Obrigado pelo convite, mas acho que esse é um projeto seu, pessoal. É a sua vida que está mudando, não a minha. Prefiro ficar por trás, dando as dicas e ajudando no que for preciso. Se o livro for um sucesso, você me paga um jantar.

Turco seria o apoio necessário para conseguir colocar o projeto adiante. Seria difícil escrever um livro autobiográfico e, quanto mais ajuda tivesse, melhor.

Depois de dar mais uma mordida num pão de queijo, Turco me perguntou:

— Já pensou sobre o estilo que irá adotar no livro?

— Como assim? — perguntei.

— Ao escrever um livro sobre os benefícios de se iniciar nas artes, literatura, filmes, você vai ter que definir que tipo de linguagem vai usar, qual o público que você pretende atingir.

— Acho que quero atingir o máximo de leitores, claro. Muitas pessoas podem ser despertadas, como eu fui.

— E vai acabar ganhando um dinheirinho, se vender bem — brincou Turco.

— É, mas acho que isso é secundário. Se poucos lerem e se interessarem, será o suficiente para eu ficar feliz.

— Não se preocupe se o livro vai vender ou não, eu estava só brincando. Claro que a preocupação com o sucesso existe, e muitos escritores de primeira grandeza escreviam com declarada finalidade lucrativa. Não vejo mal nenhum nisso. Os próprios pintores renascentistas eram mantidos por famílias ricas, como os Médici. Mas, ao escrever e publicar um livro, ainda mais pessoal como vai ser o seu, o que você quer é atrair o máximo de gente possível para a sua mensagem: dizer que o ser humano pode mudar, pode aceitar o chamado para uma vida repleta de novos conhecimentos.

Turco me fez refletir. Afinal, será que o ser humano pode mesmo aceitar o chamado? Será que a chamada alta cultura realmente é para poucos? Poderia ser massificada? Existe alta cultura? Ou somente cultura? Coloquei essas perguntas para ele.

— Isso me lembra do paradigma do tribunal — Turco respondeu.

— Tribunal? Isso é coisa da minha área, do Direito.

— Não nesse caso. É uma discussão sobre cultura de massa. Umberto Eco escreveu sobre isso. Existiriam duas correntes adversárias: os apocalípticos e os integrados. Para a posição apocalíptica, a indústria cultural significava uma máquina de imposição da ideologia dominante, um projeto de dominação, repressão, com o objetivo de enganar as massas. A outra corrente, integrada, diz que a indústria cultural democratiza a cultura para as massas, dá acesso aos bens da chamada alta cultura. O paradigma do tribunal é assim chamado porque o réu é a indústria cultural. Seus advogados, os integrados. Seus acusadores, os apocalípticos.

— E quais são os argumentos de cada um?

— Para os acusadores, os meios de comunicação de massa são generalistas, presos à média de gosto; anulam as diferenças; deixam as consciências meio que anestesiadas e não rompem tradições estilísticas. Para os apocalípticos, os meios distribuem emoções enlatadas, prontas, alienantes. Mesmo quando levam ao público produções de alta cultura, usam fórmulas para facilitar a vida do receptor. Para eles, isso faz com que não exista esforço intelectual por parte do público. Ou seja, os meios de comunicação empobrecem o público do ponto de vista cultural — Turco tomou um gole do seu café, parou alguns segundos para refletir e continuou. — A baixa cultura recebe o mesmo tratamento da alta cultura (ou até melhor). As fofocas sobre uma celebridade têm mais destaque do que uma obra de arte.

— Bem, eu não tinha parado para pensar nisso com tanta profundidade, mas estou achando difícil discordar dos apocalípticos. A mídia é um pouco alienante. Você já viu como está a TV ultimamente?

— Para eles, isso tudo faz com que o público perca a postura crítica. Fica passivo. E, o que é pior, fica com uma atenção superficial. Daí a dificuldade de ouvir uma sinfonia completa, por exemplo, ou ler um poema.

— E a defesa da indústria cultural?

— Se não me falha a memória, o primeiro argumento é o seguinte: é inevitável a indústria cultural na nossa sociedade. Ela é uma conseqüência da própria industrialização. Ela é a possibilidade de tudo e todos se comunicarem, algo que não poderia existir no passado. Para os integrados, a quantidade de informação é útil. Quanto mais informação, melhor, pois o público poderá dar um salto de qualidade. Dizem ainda que a indústria cultural não é alienante. Sempre houve lazer menor na humanidade, o pão e circo, e a mídia não tem nada a ver com isso. Lembra os gladiadores romanos? Pois é, prazeres menores, muito antes da indústria cultural. Quanto à acusação de usar fórmulas, eles defendem dizendo que estão, na verdade, integrando as sociedades, eliminando as diferenças de castas.

— E sobre a atenção superficial do público? Eu mesmo luto contra minha falta de atenção quando quero ler um livro mais difícil. Não seria culpa da mídia alienante?

— Eles dizem que é um fenômeno geral, que não tem a ver com a mídia especificamente. Se o público está saturado, isso tem a ver com a difusão dos bens culturais, que é algo bom. A participação social aumentou e melhorou muito depois dos meios de comunicação de massa. Antes, não havia as possibilidades de hoje.

— Eles têm alguma razão também.

— É verdade. Por isso, essa discussão é considerada um pouco ultrapassada pelo seu reducionismo. Não se deve julgar a indústria cultural com este maniqueísmo todo: ou ela é boa, ou é má. Mas os argumentos são válidos, e podemos perceber isso ao analisar os meios de comunicação de massa.

— E o meu livro? Onde entra nessa história?

— Bem... vou ter que responder com algumas perguntas. Será que a arte, em que forma for, pode tocar qualquer um? Ou somente alguns? É melhor uma pessoa que gosta de Mozart em vez de funk? Ou é preconceituosa essa noção que a alta cultura é melhor do que a baixa?

— Não sei responder.

A nossa conversa estava sendo reveladora. Quanta coisa estava por trás da simples idéia de escrever um livro. Questões que não poderiam ser ignoradas. Sorte a minha ter alguém tão culto quanto o Felipe como amigo. Ficamos alguns minutos em silêncio. Era como se cada um estivesse tentando organizar as idéias para chegar a um consenso sobre o livro, como deveria ser, para quem ele seria feito. Estávamos refletindo, silenciosos, sorvendo cada gota do capuccino enquanto grandes questões culturais nos assombravam.

O local estava cheio. Dezenas de pessoas adquirindo CDs, livros, revistas e DVDs. Era a indústria cultural nos cercando. Turco, então, reiniciou a conversa.

— Mário de Andrade, o escritor modernista, lembra?

— Claro. Estudei pro vestibular, esqueceu?

— Um mês antes de morrer, ele escreveu um texto polêmico. Naquela época, no meio da década de 40, o Teatro Municipal de São Paulo estava oferecendo concertos gratuitos para o público. Sabe o que ele achou disso?

— O quê?

— Que o povão, na primeira vez, gostou do luxo do local, mas logo depois ficou entediado com música clássica. E voltou correndo para as músicas populares.

— Quer dizer que eu sou um caso único? Será que vou voltar atrás, vou me entediar?

— Não, porque você está se esforçando para entender essa nova realidade que está se abrindo para você. Para ouvir música clássica, a pessoa tem de se preparar, se informar sobre a música e sobre o compositor, não é só chegar e ouvir, porque, se fizer isso, na segunda vez já cansa e na terceira não vai mais. Hoje, somos bombardeados com som da pior espécie, coisas ridículas, como funk, hip-hop, coisas do tipo. Dá para entender os brasileiros gostarem de hip-hop? As batidas são repetidas do início ao fim, só a letra é que interessa e ninguém entende o que está sendo dito em inglês. É hilário, não é? Mas, voltando à sua pergunta, você não vai voltar atrás, tenho certeza.

— Mas muitos poderão voltar, não é isso?

— Por isso, o seu livro deverá ser um primeiro contato, leve, mas informativo, até um pouco pop, por assim dizer, para fazer a ponte entre essa pessoa que está afogada na mediocridade e o mundo de milagres artísticos, onde o ser humano se torna um imortal.

— É verdade. Não posso dificultar, mas também tenho o dever de dar o caminho correto para o leitor. Para que ele siga esse caminho e não desista. É fundamental despertar o gosto e também informar, preparar o receptor. É mais ou menos isso, Turco?

— Parece que chegamos a algum lugar!

— O que eu seria sem você? E, afinal, como é que você é tão inteligente?

— Não se iluda, Fábio. Alguns puristas podem criticar seu livro, dizendo que está facilitando, que está usando linguagem popular. Para o apocalíptico, seu livro é parte da indústria cultural. Logo, condenável tanto quanto ela.

— Não vejo problema nisso. E devo concordar com o outro lado: é inevitável a indústria cultural nessa altura da história.

Já tínhamos terminado nossos cafés e pães de queijo. O movimento continuava grande. Turco continuou:

— E só para você saber: não sou mais inteligente que ninguém. Só fui mais curioso até hoje. Leio muita coisa diferente. Em pouco tempo, tenho certeza de que estaremos no mesmo patamar. Isso não é ótimo?

Dei um sorriso sincero. Realmente, meu mundo estava tomando um rumo diferente do que imaginava há bem pouco tempo, algo que me deixava empolgado e feliz comigo mesmo. Foi então que me lembrei da Thaís, tão conhecedora de cultura quanto o Felipe. E me veio à memória que eu, no fundo, estava triste, longe da pessoa que foi a desencadeadora de tudo isso. Lutei contra mim mesmo, contra o meu orgulho, mas acabei cedendo à minha curiosidade sobre Thaís.

— Felipe, você tem visto a Thaís?

— Não. O grupo já não se reúne faz algum tempo, a última vez que tentamos muita gente não podia ir. Na faculdade, vejo de longe, passei por ela poucas vezes, só nos cumprimentamos.

Resolvi encerrar o assunto.

— Vamos? Quero ir logo pra casa, tenho que ler um pouco... Ouvir alguma grande música.

— Fábio — Felipe me encarou, enquanto tirava dinheiro da carteira —, ela é uma mulher muito bonita e, pelo que sei, é muito assediada na faculdade.

— Eu sei. Eu poderia até tentar alguma coisa, mas tenho vergonha do que fiz.

— Pois eu acho que vale a pena você tentar alguma coisa. E depois desista de vez, se não der certo. Mas não deixe de tentar! Aqueles estudantes são todos iguais, um bando de estereótipos. Aposto que você mexeu com ela.

— Você acha?

— Não entendo muito de mulheres. Agora mesmo, estou interessado em outra aluna, o que é muito chato, é sempre a mesma ansiedade. Mas, no seu caso, ficaria eternamente arrependido se não tentasse, pelo menos uma vez, conversar e explicar para a Thaís o que aconteceu.

— Talvez você tenha razão. Mas tentar conversar depois de ter visto a Thaís sair do meu apartamento do jeito como ela saiu... Não sei, acho que é suicídio.

— Você é que sabe. Só dei a minha opinião sincera.

Nós nos despedimos e fui para casa.

Capítulo XXIX
No trabalho, um e-mail de incentivo

Continuava um paradoxo ambulante. Feliz com minha carreira de advogado, entusiasmado com o livro que começaria a escrever, triste por conta da Thaís.

Na quarta-feira, recebi um e-mail do Turco.

De: felipmarcoturco@....com.br
Para: fabioadv@....com.br
Assunto: Boa sorte

Fábio,

Estou lendo um livro de física, hipercordas, umas coisas loucas que um dia explico para você. Mas encontrei algumas passagens que você pode usar no seu livro. Para você ver que tudo está interligado: arte, ciência, música, literatura, etc. No fundo, tudo faz parte da grande curiosidade humana. E seu livro vai ajudar muita gente, tenho certeza. Seguem umas citações interessantes que provam o que estou falando.

Thomas H. Huxley (biólogo): "O conhecido é finito, o desconhecido é infinito; intelectualmente, situamo-nos numa ilhota no meio de um infindável oceano de inexplicabilidade. Nosso negócio a cada geração é resgatar um pouco mais de terra. A questão de todas as questões para a humanidade, o problema que jaz sob todos os outros e é mais interessante que qualquer deles, é o da determinação do lugar do homem na Natureza e sua relação com o Cosmo."

Johannes Kepler, grande astrônomo do século 17: "Não perguntamos para que fim útil os pássaros cantam, pois a canção é seu prazer, já que foram criados para cantar. Da mesma maneira, não deveríamos perguntar por que a mente humana se dá ao trabalho de penetrar os segredos do céu."

Já Stephen Hawking disse algo interessante sobre a necessidade de explicar para o público mais amplo possível as questões complexas da física: "Se de fato descobrirmos uma teoria completa, ela deve com o tempo ser compreensível em linhas gerais por toda gente, não apenas por um punhado de cientistas. Então seremos todos, filósofos, cientistas e simples pessoas comuns, capazes de tomar parte na discussão de por que o universo existe. Encontrar resposta para isso seria o triunfo máximo da razão humana — pois então conheceríamos a mente de Deus."

E, para finalizar, cito o físico Michio Kaku, professor de física teórica no City College da Universidade de Nova York: "Algumas pessoas buscam sentido na vida por meio do ganho pessoal, por relações pessoais ou mediante experiências pessoais. No entanto, a mim me parece que ser abençoado com a capacidade de adivinhar os segredos últimos da natureza confere sentido suficiente à vida."

Abraço,

Felipe Marco

P.S.: Lembre-se: não é correto escrever um livro arrogante, do tipo "só é inteligente quem ouve música clássica e lê literatura canônica". Podemos afastar justamente as pessoas que queremos atrair para nossa causa. A cultura popular de qualidade (repito, de qualidade) será sempre bem-vinda. Não podemos ter uma atitude excludente. Tchau.

Capítulo XXX
Dr. Resnik

Na sexta-feira, recebi da minha secretária um recado estranho. Dr. Resnik me esperava em sua sala. Como não atuávamos na mesma área, isso não acontecia com muita freqüência. Nossos encontros ocorriam geralmente nas reuniões semanais da equipe inteira do escritório.

Chegando à sua suntuosa sala, cercada de prateleiras de madeira escura repletas de coleções belíssimas de livros jurídicos, ele logo pediu para que eu me sentasse. Perguntou como andava meu trabalho, se tudo corria bem, etc. Respondi que estava muito empolgado com o novo cliente que estava trazendo para o escritório e que aquilo era só o começo. Ele então me fez uma indagação totalmente inesperada:

— Você conhece um tal de Cláudio Silveira?

Percebi que o dr. Resnik tinha nas mãos o currículo do Cláudio.

— Quase nada, dr. Resnik — achei melhor falar pouco, afinal não sabia o grau de conhecimento a que os dois tinham chegado.

— Esse jovem me pareceu uma pessoa muito séria. Eu o conheci numa palestra que dei numa faculdade. Ele comprou todos os meus livros, foi muito gentil. Me disse que conhecia você.

— Na verdade, dr. Resnik, eu o conheci de forma até um pouco constrangedora. Ele namorou minha ex-namorada logo depois que terminamos. Não sei por que ele usa meu nome.

— É — o dr. Resnik olhava para o currículo —, isso de fato é muito estranho. Você certamente se sentiria constrangido com a presença dele aqui, não é?

Não sabia o que dizer. Pelo jeito, o maluco do Cláudio havia enfeitiçado o dr. Resnik, mais um senhor para sua rede de amigos da terceira idade. Fiquei calado, buscando as palavras certas. Dr. Resnik continuou:

— Você me faria um favor? Entrevistaria o Cláudio? Vou deixar isso nas suas mãos. Se você aprovar, ele está dentro. Do contrário, aceitarei sua opinião. Não quero criar um clima ruim na minha equipe, você é muito valioso para nós. Talvez, nessa entrevista, você consiga ver se ele será útil ou não para nós.

Que azar! Mais essa agora. O vilão da minha vida aparece de novo. Tom e Jerry. Super-Homem e Lex Luthor. Seinfeld e Newman. Não deixaria, no entanto, isso afetar meu profissionalismo. Já que a bola estava comigo, seria justo e imparcial. Pedi para minha secretária ligar no mesmo dia, marcando a fatídica entrevista para a segunda seguinte.

> **Capítulo XXXI**
> ## Schubert e Schumann

No fim de semana, Felipe me convidou para um ciclo de palestras na faculdade. Como não estava preparado para ver a Thaís, recusei. Aproveitei o telefonema para pedir ao Felipe para me enviar um e-mail com informações sobre mais alguns compositores. Acho que, em pouco tempo, poderia seguir por conta própria.

De: felipmarcoturco@....com.br
Para: fabioadv@....com.br
Assunto: Boa sorte

Fábio,

Não estou com muito tempo hoje, por isso vou direto ao assunto, ok?

7) FRANZ SCHUBERT (1797-1828)

Schubert nasceu em 31 de janeiro de 1797 em Lichtenthal, lugarejo nos arredores de Viena. Filho de um mestre-escola (como um diretor) e de uma antiga criada. Percebendo o interesse do filho pela música, seu pai resolveu encaminhá-lo para Michael Holzer, organista da paróquia de Lichtental.

Segundo Otto Maria Carpeaux, no seu "Livro de Ouro da Música", "a vida de Franz Schubert (1797-1828) passou, sem acontecimentos espetaculares, na atmosfera agradável da burguesia e pequena burguesia vienense da época do Biedermeier e no ambiente da boêmia inofensiva dessa sociedade". Diz ainda Carpeaux que "não foi um don Juan melancólico, mas um boêmio sempre (e sem sorte) enamorado, um pouco dedicado às bebidas e sofrendo de graves acessos de depressão". Foi pobre, pois não sabia lidar com o dinheiro. Nunca visava ao lucro, vivendo para compor. Teve sífilis (1823), tendo sido hospitalizado várias vezes. Morreu de tifo em 19 de novembro de 1828, justamente quando sua fama começava a atravessar as fronteiras de sua cidade e sua pátria.

Foi um dos maiores compositores do século 19, com um estilo imaginativo, melódico e lírico. Segundo Franz Liszt, ele foi "o mais poeta músico de sempre".

INICIAÇÃO A SCHUBERT

1. Sinfonia nº 8 em B menor (inacabada)
2. Quinteto em A para Piano e Cordas
3. Sonata para Piano nº 21 em B bemol
4. Fantasia "Wanderer"
5. Die schöne Müllerin

8) ROBERT SCHUMANN (1810-1856)

Schumann nasceu em 8 de junho de 1810, em Zwickau, na Alemanha. Pertencia a uma família burguesa, intelectualmente liberal e culta. Seu pai era um livreiro, e a mãe, excelente pianista. Aos 9 anos, ao assistir a um concerto de Moscheles, decidiu ser um virtuose no teclado. Chegou a tentar carreira como escritor, por influência do pai e do tio. Teve uma vida de muitas tragédias: o pai morreu e a irmã suicidou-se. Como você, Fábio, Schumann se matriculou na faculdade de Direito e, dedicado, tentou levar o curso da melhor maneira possível, tendo sido considerado um excelente aluno. Decidido a continuar com a música, ele conheceu Wieck, que foi seu mestre de piano, e sua filha (ainda com 8 anos), pianista promissora, chamada Clara, a futura senhora Schumann (a diferença de idade deles era de oito anos). Wieck não aceitou bem quando, mais tarde, Robert e Clara transpareciam uma relação que ia além da amizade. Schumann não compreendia por que aquele que tinha sido um segundo pai para ele era contra entregar-lhe a filha. Um dia, ao conseguir ver Clara de longe, em um concerto em Leipzig, escreveu-lhe: "Sois-me sempre fiel e firme? Dizei-me simplesmente sim e encarregai-vos de remeter ao vosso pai no dia 13 de setembro, aniversário do vosso nascimento, uma carta minha...". Recebeu uma linda resposta: "Pedis-me apenas um simples sim? Fá-lo-ei do fundo do meu coração e com todo o meu ser murmurá-lo-ei para sempre." Sofreram muito até conseguir casar, principalmente devido às brigas com Wieck, incluindo denúncias criminais. O casal teve uma rica relação com Brahms. Robert chegou a escrever um artigo de jornal, saudando Brahms como um gênio. No dia 27 de fevereiro de 1856, após um período conturbado de alucinações e dores, atirou-se ao Reno. Foi resgatado por um marinheiro. Em 4 de março, foi levado para uma clínica privada em Endenich, perto de Bonn. Clara foi proibida de visitá-lo, pois, segundo os médicos, isso poderia piorar seu estado mental. Contudo, escreviam-se com freqüência. Em sua última carta, ele escreveu: "Adeus, minha amada! Do teu Robert." Morreu em 29 de julho de 1856. Clara sobreviveu-lhe por 36 anos.

Schumann foi o grande romântico, e sua obra reflete cada momento de sua vida. Como autêntico expoente do romantismo, não escondia seus sentimentos. Sofria de depressão. Certa vez, ele escreveu: "O piano diz por mim todos os sentimentos que sou incapaz de expressar." Segundo Carpeaux, "sua arte não é só o ponto mais alto do romantismo musical na Alemanha; é o resumo e o fim do romantismo alemão em geral".

INICIAÇÃO A SCHUMANN

1. Sinfonia nº 4 em D menor
2. Concerto para Piano em A menor
3. Quinteto em E bemol para Piano e Cordas
4. Fantasia em C
5. Dichterliebe

Capítulo XXXII
A ENTREVISTA

Na segunda-feira, às dez e meia de uma manhã cinzenta nesta metrópole brasileira, ouço a voz de minha secretária, no outro lado da linha, me dizendo pausadamente, como é do seu estilo: "O dr. Cláudio já chegou." Estava preparado psicologicamente. Na verdade, nunca fui um homem de ter inimigo, logo não considerava o Cláudio um. Não podia negar, contudo, que ele exercia um certo sentimento em mim, algo difícil de explicar, um misto de desconfiança e impaciência, não pelo fato de minha ex tê-lo escolhido como namorado, mas pela sua arrogância e desprezo pelos outros. E, pelo que Maria Lúcia me disse, seu interesse em se aproveitar dos outros. Mas (o que estava fazendo?) tinha que manter a imparcialidade. Agiria como um bom juiz.

Ele chegou com um terno marrom-escuro, gravata preta com bolinhas vermelhas e camisa branca com o mesmo problema da outra vez: o pescoço muito fino para o colarinho, o que tornava visível sua quantidade enorme de pêlos. Olhando para a sua silhueta, percebia-se que o motivo daquela camisa de colarinho largo era sua barriga, bem redonda para alguém da sua idade. Algo que até hoje não havia notado estava bem nítido no terno marrom: caspa. "Imparcial, Fábio, imparcial!"

Dei as boas-vindas e pedi a ele que se sentasse. Ele parecia um pouco tenso, sentimento que ele escondia bem por trás de sua postura de soberba. Avisei que nossa conversa seria gravada e fiz as perguntas de praxe. Tem preferência por alguma área? Por que escolheu o escritório Martins, Antunes e Resnik? Qual o seu maior defeito? Qualidade? Por que a advocacia? Possui alguma experiência na área? Tudo transcorria bem para Cláudio até que passei os olhos no seu currículo e percebi que ele não falava inglês. E o escritório, grande como é, exige o inglês de todos, inclusive das secretárias, o que não é nenhum absurdo hoje em dia, ainda mais pelo fato de lidarmos com clientes internacionais. Tive que me inteirar melhor da situação:

— Vi aqui que você não fala inglês, Cláudio.
— Mas falo norueguês. Morei lá por um tempo.
— Norueguês?
— Cultura marcante. Tradições escandinavas. Não é essa baixaria imposta pelo imperialismo *yankee*.

Se dissesse a ele que alguns de nossos clientes eram empresas dos Estados Unidos, acredito que ele desconfiaria de sua mancada. Fiquei quieto. Depois de anotar algumas coisas, continuei.

— Você trabalha bem em equipe?
— Muito. Sou um excelente chefe, sei como impor ordem a um time como ninguém — disse Cláudio, sem perceber que sua idéia de equipe (com ele de chefe) era um caminho sem volta para a recusa.
— Estou satisfeito, Cláudio.
— Que dia vamos tomar um vinho? — perguntou arrogantemente, soltando sua gargalhada típica, com os dentes pressionados uns contra os outros.
— Vamos deixar para outro dia. Você agora vai ter que fazer um exame com a nossa psicóloga, coisa formal, nada de mais. Já está agendado. Será amanhã, às quatro e meia. O endereço dela é este aqui — entreguei-lhe, então, um cartão.

Ele se despediu de mim como se fosse um favor sua entrada no escritório, soltando a seguinte pérola:
— Vocês vão aprender muito com a minha chegada.

Acompanhei Cláudio até a porta. Na recepção, ele beijou a mão de uma das atendentes e disse, olhando nos olhos da garota:
— Menina bonita, não me esqueci da promessa. Nosso espumante está guardado.

Realmente, cantar a recepcionista era demais. Fui para a minha sala e comecei a fazer meu relatório sobre a entrevista. Agora não era uma questão de eu não gostar do Cláudio. Ele cometeu várias gafes. Das grandes. Não perdoei. Fiz um relatório arrasador.

Capítulo XXXIII
À noite, atrás de companhia

Naquele dia, saí tarde do escritório, quando já era noite. Não queria ir para casa. Estava com saudade dos meus pais, embora nos falássemos constantemente.

Quando cheguei, eles já haviam terminado seu lanche. Há muito tempo eles haviam abandonado o hábito de jantar, por recomendações médicas. Minha mãe, muito alegre com a minha chegada repentina, preparou um lanche delicioso. Conversamos sobre o trabalho, parentes distantes, os problemas da casa. Minha mãe reclamou do meu pai, dizendo que ele não aceita mais que ela veja novela na televisão do quarto. Ele, por sua vez, reclamou dela, dizendo que ela nunca mais leu um livro, só quer saber de ver programas ruins e gastar todo seu dinheiro em shoppings. E meu pai defendia a empregada, dona Marta. Minha mãe dizia que ela fazia tudo errado. Mas eles eram felizes, à sua maneira. Esses pequenos desentendimentos dão uma prova do que é o convívio depois de muito tempo. É um companheirismo extremo que, à primeira vista, está corroído pelo tempo. Mas separe um do outro e sentirão uma dor enorme, como se um braço fosse amputado.

Depois de ouvi-los, contei do meu livro. Meu pai, posicionado em sua poltrona oficial, falou calmamente:

— Mas o seu livro vai ter como finalidade tornar a arte compreensível?

— Não sei bem. Ainda estou discutindo algumas coisas com o Felipe.

— Perguntei isso porque eu não sei de onde vem essa exigência de que a arte tem que ser compreensível ou perfeitamente inteligível. Na minha opinião, a incompreensão é algo inevitável muitas vezes. E o impacto da obra poderá ser até maior. Um dia desses, eu e sua mãe vimos um filme chamado... Como era mesmo o nome, mãe? — meu pai não perdeu o costume de chamar minha mãe de mãe.

— *O Anjo Exterminador*. Conferi depois, e ele é daquela lista que passei para você, meu filho.

— Isso, *O Anjo Exterminador*. Nunca havia lido nada sobre ele. Desconhecia absolutamente tudo sobre o que estava por ver. E então sofri um impacto tão grande que até hoje me lembro das cenas do filme, aquela prisão sem grades, os convidados na festa.

—Mas meu livro, pai, não pretende tirar esse impacto, nem quer tornar o contato com a obra algo direcionado. Não seria legal se eu indicasse, por exemplo, esse filme para o público? Para que outros possam ver e sentir o que você sentiu?

— Tudo bem. É uma boa idéia. Eu, por exemplo, não sei nada de arte, mas também não posso ser chamado de totalmente ignorante. Sua mãe sempre foi muito interessada também em bons filmes. Agora está com essa mania de novela, essa coisa chata.

— Não vamos começar de novo — interveio a minha mãe impaciente.

— Meu filho — continuou meu pai —, não tente eliminar o incômodo daquilo que não foi imediatamente compreendido. Você tem que incorporar esse incômodo como parte da experiência.

— Concordo, pai. Esse incômodo para o leigo, na maioria das vezes, acontece pela incompreensão do que ele está vendo, seja um filme, um quadro ou ouvindo uma música. E duas coisas podem acontecer: ou ele volta à obra, para tentar entender melhor, ou, na pior das hipóteses, ele acha aquilo tudo um tédio e desiste, pegando aquela experiência como um mau exemplo para nunca mais voltar a experimentar a arte. É isso que pretendo mudar.

— Me parece algo bem difícil, meu filho — minha mãe ponderou.

— Eu sei, mãe. Isso é bem óbvio para mim, mas não vou desistir.

— Que bom, meu filho. Isso nos dá muito orgulho.

Chegou a hora da novela, e minha mãe assumiu o controle da televisão. Meu pai não se importou muito, já que eu estava lá como distração. Conversamos um tempo sobre meu trabalho, ele me disse que conversou com Isidoro, meu novo cliente, e as referências eram as melhores possíveis. Fiquei feliz. Despedi-me, prometendo voltar no fim de semana. Era hora de voltar para o meu castelo solitário.

Capítulo XXXIV
A saudade e o bloqueio

A verdade é que eu estava com saudades da Thaís. Àquela altura, sonhava em tê-la ao meu lado até para visitar meus pais numa segunda-feira. Mas nada. Tudo o que tinha era o vazio do apartamento. E meus DVDs. Coloquei um deles para tornar o ambiente menos fúnebre (Cat Stevens, *Earth Tour, 1976*).

Depois do banho, abri meu computador resolvido a começar minha mais nova empreitada: um livro de iniciação sobre cultura. Música clássica, livros, arte, filmes, tudo estaria lá. Eu poderia ser a ponte entre esse mundo inexplorado e as pessoas ávidas por uma existência menos enfadonha e superficial. Agora era a hora, eu, sozinho, com meus dedos seguindo meus pensamentos. Vamos começar...

Foi então que tive um bloqueio. Nada vinha, nem uma palavra ou idéia. Absolutamente nada. Mentira, veio um medo de escrever, de começar e não terminar. Ou de escrever alguma coisa sem sentido. Não me desesperei. Resolvi me distrair e, vagando em meus pensamentos, concluí que deveria refletir antes de começar qualquer coisa. Afinal, se vou falar sobre cultura, algumas questões devem ser colocadas, muitas delas conseqüência de minha conversa com Turco. Mas a cada tentativa de colocar meus pensamentos no lugar, era visitado por uma lembrança: Thaís. Aquilo já estava me matando. Tinha que dar um jeito, precisava me mexer, estava cansado de ficar estático, esperando que o destino desse sua mão.

No dia seguinte, liguei para o celular do Turco, embora soubesse que ele deveria estar na faculdade, dando aula. Ele atendeu:

— Estou no meio da aula. O que você quer?

— Quero dar um jeito de ver a Thaís. Eu posso buscar você na faculdade hoje à noite?

— Mas eu vou de carro!

— Então eu vou de táxi até aí, finjo que você me buscou em algum lugar porque meu carro está estragado. E você me traz depois. Tá bom?

— Você não acha isso meio desesperado, não?

— Não. Ficar parado está me matando.

— Bem, lembra aquele ciclo de palestras que falei para você? Seria uma chance de você encontrar a Thaís. Ela vai sempre nessas coisas.

— Então é isso. Sobre o que é a palestra?

— Não sei bem, algo sobre comunicação.

— Tudo bem, estarei lá.

Desliguei o telefone. Estava no trabalho e, lá, outros problemas me esperavam, não só aqueles com os patrões que não pagam hora extra ou adicional de insalubridade aos seus empregados. Cláudio Silveira da Silva: esse era o nome de meu maior problema.

Capítulo XXXV
Dando um fim na história de Cláudio Silveira da Silva

Na minha mesa, estava o exame psicológico de Cláudio. As palavras da psicóloga foram bem técnicas, mas significavam mais ou menos o seguinte: não consegue trabalhar em equipe; sofre de egocentrismo exacerbado; acredita em conspirações mirabolantes; mania de perseguição, etc. Essas eram apenas algumas constatações da doutora Gisele. Diante de conclusões tão bombásticas, só tive uma saída. Recusei, sem qualquer culpa, a entrada do maluco do Cláudio no escritório. Juntei tudo num envelope só e mandei para o dr. Resnik.

Capítulo XXXVI
DE NOITE, VOLTANDO AOS TEMPOS DE FACULDADE

O ambiente acadêmico é realmente fascinante, com sua atmosfera única, tão viva e movimentada. Estudantes se dirigindo cada um para o seu lado, atrás do seu interesse mais imediato (tirar xerox do caderno do melhor aluno, contar a novidade da noite de ontem ou admirar apaixonadamente a garota mais linda da turma...). Toda vez que volto a uma faculdade, seja ela qual for, sinto renascer todo o passado que vivi fazendo Direito, desde as noitadas até as provas mais difíceis.

Turco dá aula numa universidade particular, estabelecida num longo prédio horizontal, de poucos andares, com as faculdades e cursos em seqüência. Dirigi-me para o anfiteatro do segundo andar. Percebi um grande movimento de estudantes indo para lá e segui o fluxo. Encontrei o local rapidamente, depois de andar algum tempo em linha reta pelo térreo do prédio até chegar às escadas e subir. Depois delas, logo atrás da porta de saída, estava o local das palestras.

Não havia controle algum para a entrada — era um evento aberto ao público em geral. Um cartaz colado na porta já aberta dizia: "Semana de Debates". Abaixo, os temas das palestras e os palestrantes. Hoje: "Alta cultura?", por um tal de José Maria Lustosa Sálvio.

Fiquei por um tempo circulando pelo burburinho da porta, esperando o Turco. Tentei ligar para ele, mas não fui atendido. A palestra já ia começar, então peguei meu lugar na última fileira por duas razões: ter uma visão geral do ambiente (Thaís poderia estar lá) e facilitar para o Turco, se ele chegasse.

José Maria foi apresentado para a platéia, composta em sua maioria por jovens de bolsas de alça longa a tiracolo. Ele abriu com as seguintes palavras:

— "Tem havido, e pode novamente haver, grandes pensadores individuais, em uma atmosfera geral de escravidão mental. Mas nunca houve, nem jamais haverá, em tal atmosfera, um povo intelectualmente ativo." Essas palavras, meus amigos e amigas, não são minhas, mas de John Stuart Mill, o filósofo inglês, em seu *Ensaio sobre a liberdade*.

A partir daí, começou a defender sua posição no sentido de que vivemos numa atmosfera de total escravidão mental. Culpa da indústria cultural, "com suas Shakiras, Big Brothers, axés, programas de TV e filmes idiotizantes". Sua metralhadora verbal se voltou também contra o "pedantismo administrado por guildas universitárias", que nada fazem senão fechar-se num discurso corporativo e arrogante, longe do ar puro da verdadeira e completa formação do indivíduo.

Em seguida, falou algo interessante, que muito tem a ver sobre tudo o que eu vinha refletindo nos últimos tempos: "Vivemos sob as pressões do ego, do sexo e da sociedade; nesse mundo rápido, desorientador, caótico e sufocante, em que prevalece a idolatria do eu, o isolamento e a massificação, temos que buscar saídas, e a alta cultura está aí para nos ajudar." Explicou que a chamada cultura popular nada mais é do que a cultura de massa, com as seguintes características (àquela altura, já estava anotando tudo o que ele falava no meu celular que também é computador de mão): imitação formal entre e dentro dos gêneros; o uso de fórmulas estereotipadas em detrimento da subjetividade de personagens desenvolvidos; estímulos instantâneos às custas da reflexão; respostas emocionais superficiais (unidimensionais). Isso tudo faz com que as músicas se pareçam muito, sendo criadas para tocar nas rádios até o público enjoar; que os filmes sejam homogêneos e efêmeros; e, na TV, faz com que cidadãos comuns se sujeitem a rituais de humilhação e exploração, num contrato em que se troca o auto-respeito por dinheiro.

José Maria concluiu dizendo que a solução é uma cultura de real reflexão e profundidade, de valor intrínseco, sem artefatos destinados à venda no mercado. Para ele, não há meio-termo: somente a alta cultura é cultura. O resto não pode ser comparado a ela. Algumas manifestações populares são até aceitáveis, mas a maioria é condenável. A alta cultura é pura e só está de pé até hoje, porque existem aqueles que a defendem da mistura e da pasteurização. A massa se alimenta com o que há de pior em cultura, o que há de mais medíocre, embora reconhecível e fácil. Nem mesmo a arte popular escapou de José Maria. São esforços muitas vezes sinceros, mas sem a elaboração profunda e penetrante da verdadeira arte. O Brasil, segundo ele, deve mudar seus paradigmas para criar uma verdadeira inclinação para a cultura, iniciando pelas escolas, que devem ter um ambiente dedicado às artes: pinturas, música clássica, esculturas, etc. Finalizou da seguinte forma:

— Procurem a luz das artes e da leitura, jovens! Ela é que vai iluminar seu próximo passo! Tenham desprezo pelo fácil e construam seu caráter longe do mundo da banalidade, das celebridades e suas intimidades descartáveis, das falsas músicas, filmes e livros que anestesiam, em vez de despertar, as mentes. Estamos numa encruzilhada decisiva: a verdadeira cultura traz uma certa dose de sofrimento, mas recompensa. Ela é a luz que fará você conhecer não somente o que está à sua volta, mas principalmente a si mesmo. E não há melhor retorno que esse. Vale a pena! Acreditem em mim. Muito obrigado.

Capítulo XXXVII
E Turco aparece...

O Professor José Maria foi muito aplaudido. Fiquei tão envolvido pela palestra que não me preocupei com o sumiço do Felipe. O organizador deu continuidade ao programa da noite, chamando o próximo professor, que falaria sobre o tema "A solidão na internet". Algumas pessoas saíram do anfiteatro, todas desconhecidas. Observei bem as pessoas à minha frente, mas não pude ver claramente se Thaís estava lá. Pensei em sair um pouco para tentar falar com Felipe, mas não foi preciso. Enquanto o segundo professor falava, ele chegou, perguntando como havia sido a primeira palestra e justificando seu atraso.

— Estava numa reunião, tentando ser um bom funcionário. Afinal, com essas novas tecnologias, câmera digital e tudo mais, quem sabe como será a disciplina de fotografia no futuro?

Ele tinha razão. Felipe ensinava como revelar uma fotografia no método manual antigo.

Contei a ele sobre a palestra de José Maria e todas as questões interessantes que foram abordadas.

Terminada a segunda palestra, seriam iniciados os debates com a platéia. Com uma certa dose de ironia, disse ao Turco que queria fazer algumas perguntas para o José Maria para enriquecer o meu livro. Turco me perguntou:

— O que você quer perguntar?

— Lembra que você me falou ou mandou um e-mail (agora não me lembro) dizendo que a arte não torna ninguém melhor cidadão? Que serve apenas para que saibamos viver melhor conosco mesmos na solidão? Pois é. Ele começou a palestra dizendo que, num ambiente de escravidão mental, o povo fica atrasado. Ou seja, ocorrendo o inverso, com mais cultura, o país avança. Pelo menos, acho que foi isso. Como é que fica uma coisa diante da outra, se a arte não nos faz melhores cidadãos?

— Ótima pergunta! Vou pedir o microfone para você.

— Não faça isso! Felipe!

Mas já era tarde. O microfone sem fio já estava sendo passado de mão em mão até a do Felipe, para então chegar até a minha. O mediador disse, com sua voz grave:

— Então vamos à primeira pergunta da noite. E ela é lá do fundo, daquele rapaz. Coloque-se de pé, por favor. Qual é o seu nome?

Todos se viraram para mim: eu, um advogado, um "de fora", na primeira vez que participava de um evento na área de comunicação, lá, fazendo uma pergunta para um famoso autor de livros da área. Sabia que estava demonstrando minha vergonha — minha face estava pegando fogo de tão nervoso. Falei meu nome e lancei a pergunta. Passaram o microfone para as mãos do professor José Maria, que estava sentado ao lado do outro palestrante na mesa colocada no palco.

— Excelente pergunta! — ele disse, enquanto eu me sentava, tentando sumir para que ninguém mais me visse, de preferência nunca mais. — Devo dizer que concordo com você, pelo menos em parte. É verdade que ler não faz de ninguém um ser humano melhor. O filósofo Francis Bacon, por exemplo, casou por interesse e morreu com 65 anos, devendo mais de 20 mil libras esterlinas, um montante bem alto para a época. Tenho certeza que ele leu tudo o que havia de mais profundo e sábio. E isso é só um exemplo. Mas não falei da cidadania, quando citei Stuart Mill. Falei sobre um ambiente intelectualmente ativo, vivo! E não encontramos isso hoje e não vejo como encontraremos amanhã neste país. Estamos afundados na mais profunda mediocridade em todos os setores. Eu quero acreditar que, no dia em que construirmos mais bibliotecas do que presídios, em que as pessoas escreverem e lerem bons jornais e tantas outras coisas, o país vai aprender a se indignar com a corrupção, com a compra de políticos e juízes, com a ditadura da burocracia estatal, com o excesso de gastos inúteis de nosso Estado perdulário. Hoje (ou terá sido sempre?), vivemos a era da justificação: sou corrupto porque o Estado é corrupto. Suborno o policial, porque já pago muitos impostos. Mas nada se faz para mudar. Sei que os livros não criarão automaticamente a ética que falta em nossa cultura. Mas podem ser um primeiro passo, o passo da educação. Haverá sempre maçãs podres? Sim. Mas é nosso papel contribuir para que elas sejam a exceção, e não a regra, como são hoje.

Ele foi aplaudido com muito entusiasmo pelo auditório. Acabou que a minha pergunta se tornou a oportunidade para que ele desabafasse toda a sua irritação com o ambiente político. E foi um sucesso (como geralmente é em reuniões estudantis).

As muitas perguntas que prosseguiram tratavam de assuntos variados, desde o oceano cibernético até as críticas ao estruturalismo (assunto que Turco terá que me ensinar algum dia). Os debates foram finalmente encerrados quando alguns alunos começaram a se retirar, causando irritação àqueles que queriam ouvir as respostas finais.

Capítulo XXXVIII
Revendo uma antiga paixão?
Ou somente bons amigos?

Saindo do anfiteatro, em meio à multidão, procurei ansiosamente ver a mulher que iluminou a minha vida. Por alguns segundos, pensei ter visto a Thaís num grupo, vindo da porta. Olhei mais atentamente e era ela. Sim, era ela! Thaís, há quanto tempo não a via! E ela estava tão simples quanto bela: calça jeans, camisa justa, preta e uma sapatilha esportiva. Sem brincos ou colares e o cabelo preso para trás.

Ela sabia que eu estava ali, pensei. Eu havia feito a primeira pergunta da noite e todos se viraram para mim. Qual seria a reação dela? Gostaria de me ver? Ou me ignoraria? Milhares de pensamentos passavam por mim naquele momento. E o tempo não pararia para que eu pudesse refletir melhor sobre tudo o que poderia acontecer ou qual atitude tomar.

E não aconteceu nenhuma das opções acima: ela não me ignorou nem apresentou nenhum sinal de felicidade ao me ver. Ela simplesmente me cumprimentou, como se fosse um conhecido que passa por ela nos corredores da faculdade. E, mesmo cercada por um grupo grande de pessoas, ao seu lado estava um rapaz de olhos claros, cabelo castanho-escuro e desarrumado, barba por fazer, alto e magro. Vestia roupa bem típica para o ambiente: tênis All Star, calça jeans desfiada na ponta e uma camisa com um desenho caricatural. Pareciam estar juntos, embora não se tocassem. Ou seria tudo fruto da minha imaginação? Ele certamente falou no ouvido dela, e ela riu com empolgação. Aquilo era muita humilhação. Era hora de ir embora.

Turco estava cercado de alunos, conversando sabe-se lá sobre o quê. Talvez sobre o fim das câmeras fotográficas com filme. Dei as costas para o grupo de Thaís e fui até Turco. Disse a ele que era hora de ir embora. Ele retrucou:

— Mas ainda é cedo! Tenho que resolver algumas coisas na secretaria.

— Vá rápido então! Não quero chegar tarde em casa, tenho três contestações para preparar amanhã.

Turco pediu licença para os alunos e alunas. Fomos em direção à secretaria da faculdade. Enquanto caminhávamos, ele perguntou:

— Você está assim por causa dela?

Não sabia o que responder, por isso fiquei quieto. Sabia, porém, que Turco tinha acertado. Afinal, estava com um dos mais terríveis sentimentos dentro de mim — remorso, que nada mais é do que uma combinação de outros sentimentos: vergonha pelo meu passado; dor pelo que causei a Thaís; piedade pelo seu sofrimento; e medo, diria até pavor, em razão da punição que merecia sofrer. Diante disso tudo, meu maior desejo era sair dali. Pensava comigo por que tinha ido até ali. O ser humano, diante de qualquer derrota, erro, culpa ou fracasso, sempre pensa em sumir, partir para outro lugar, outro país, onde ninguém o reconhecerá. Mas de que adianta? O problema vai conosco, pois ele é parte de quem somos, de nossa experiência. É como a citação que li outro dia na livraria (se não me engano, de Oscar Wilde), ao abrir um volume qualquer na primeira página: "Experiência é o outro nome que damos aos nossos erros."

Turco resolveu suas pendências na secretaria e partimos logo em seguida. No carro, enquanto ouvíamos a porcaria mais nova que chegou a número 1 nas paradas, Turco resolveu voltar ao assunto:

— Você desistiu de vez? Sem nem ao menos tentar falar com ela?

— Ela estava acompanhada. Eu vi.

— Eu não vi nada disso, Fábio. Pode até ser, mas, pelo que reparei, ela não estava com ninguém.

— Nem precisa, Felipe. Estava nos olhos dela. Ela só me disse um oi seco, sem graça, com desprezo. Foi horrível.

— O ser humano é muito complexo, Fábio. Você tem que dar a ela a chance de desabafar, de falar tudo o que ela pensa sobre o assunto. E então você poderá propor uma solução construtiva. Até agora, você está focado no lado destrutivo da relação. Mude o ponto de vista! Está na hora de reconstruir a relação ou, pelo menos, tentar! Somos todos uns tolos, Fábio. Eu, você, ela, todos nós. Então, não há razão para temer. Vale a pena ter uma definição dessa estranha situação em que você se meteu.

Capítulo XXXIX

Em casa, direto para o computador

Depois de deixar Felipe em casa, cheguei ao meu apartamento e fui para o computador. Estava na hora de começar meu livro — e desabafar tudo aquilo que estava entalado na minha mente. Seria a chance de me vingar, de me redimir. Estático, olhando para a tela do computador, tive mais uma vez a terrível sensação de não saber por onde começar. Bloqueio. Era o que eu estava tendo. O silêncio era interrompido pelo som de passos do andar de cima ou pela voz do âncora do jornal das oito no vizinho do lado. Cansado, me dei por derrotado e fui conferir meus e-mails na internet.

Nada de novo, a caixa estava vazia. Entrei no site do Tribunal Regional do Trabalho, mas não queria ver nada lá. A verdade é que eu não tinha nada para fazer, nada para olhar ou buscar. Absolutamente nada. Até que algo surgiu. Do mesmo absoluto nada de um segundo atrás, uma luz. Ela piscava na tela do computador. E era laranja, situada na parte de baixo. Alguém estava falando comigo do meu MSN naquele exato instante. Cliquei rapidamente na luz e li o que estava lá:

Thaís ☹ fala: oi

Inacreditável! Era a Thaís! Como eram maravilhosas a existência da internet e a possibilidade de conversar com alguém tão longe (em todos os sentidos) sem a pressão de olhar nos seus olhos! Respondi rápida e nervosamente:

Fábio fala: oi! tudo bem?

Thaís ☹ fala: ...acho q vc ta com um cd do meu pai.

Não perguntaria o porquê daquele rostinho triste, obviamente. Tinha que ser sutil e inteligente. Sem reacender mágoas, mas demonstrando que eu sou alguém a quem vale a pena dar uma segunda chance.

Fábio fala: bacana sua faculdade. gostei muito.

Thaís ☹ fala: tb gosto. p q vc tava lá?

Fábio fala: tava de carona com o felipe. aproveitei e fui ver um pouco da palestra. que adorei, por sinal.

Thaís ☹ fala: o zé maria é mto bom. ele sempre fala bem.

Fábio fala: até pergunta fiz, vc viu?

Thaís ☹ fala: vi. bem corajoso.

Fábio fala: é porque ando lendo uns livros sobre o assunto. para meu futuro livro.

Ela não se impressionou.

Thaís ☹ fala: bem, Fábio, tenho que sair. só queria saber do cd mesmo. tava na net, te vi... mas já to saindo.

Fábio fala: espere!!! quero te falar algumas coisas.

Thaís ☹ fala: acho que ficou tudo bem claro naquela época. melhor deixar do jeito q ficou. não devia estar aqui "conversando" com vc...

Fábio fala: POR FAVOR! me ouça! não fiz nada por mal!! queria e quero ser alguém melhor do que sempre fui!!! confesso q tentei te impressionar, errei, fui ridículo, mas descobri q quero fazer parte do seu mundo! em todos os sentidos: cultural... intelectual e sei lá... tentar começar a conversar com vc de novo...

Thaís ☹ fala: ...

Fábio fala: diga alguma coisa!

Ela ficou calada, mas não saiu da conversa.

Fábio fala: sempre fui um ser humano comum, o mais comum dos comuns: não ligava pra filme (na verdade me importava: se exigisse um pouco mais de atenção, já detestava); música, só pop rock, rádio, as paradas de sucesso; livros: de direito e nada mais; via os programas mais medianos da tv; arte: nem de longe. era um mediano, nada mais. qualquer coisa q se relacionasse à cultura me entediava. música clássica: nunca; filme de arte: jamais; literatura: só se fosse pra dormir; museu: só pra velho. tinha um déficit de atenção enorme! repito: se alguma coisa tentasse captar minha apreciação por mais de 4 minutos (sem explosões, mortes, refrão ou mudança de parágrafo), eu a eliminava da minha vida. até que conheci VOCÊ! e outro mundo se abriu pra mim. foi pra te impressionar que falei aquelas coisas? foi. mas eu acabei gostando? SIM! E MUITO! hoje não sei como viver sem apreciar essas manifestações do intelecto humano.

Dei uma parada, respirei fundo e continuei.

Fábio fala: hoje leio Montaigne, Shakespeare, Drummond... e penso em vc a toda hora! É como se visse neles a pessoa que me despertou. e o pior é que vc está no passado e não aqui do meu lado... como a Itabira de Drummond, um quadro na parede, mas como dói!!! Nesse mundo de idolatria do eu, da burrice glorificada, do desprezo por tudo o q é culturalmente elevado, achar alguém como vc é tudo o que um homem pode sonhar. hoje meu coração lateja por sua causa. a dor que essa distância causa em mim é a maior prova do q sinto por vc.

Estava emocionado. Olhei para a janela, pensando nas tolices da vida e como são poucas as coisas que realmente valem algo. E Thaís valia muito para mim.

Foi então que olhei com atenção para a tela e a janela em que estávamos conversando e vi:

Thaís ☹ não pode responder porque parece estar off-line.

Ela estava off-line? Desde quando ela saiu? Será que ela leu minha última mensagem? Será que caiu a linha ou ela saiu mesmo e me deixou falando sozinho? Computador idiota! Odeio tecnologias traidoras! Tentei enviar mais algumas frases para ver se chegavam, e todas apareciam com o aviso de que não foram entregues. Estava provavelmente participando de um melancólico monólogo e nem sabia. Pelo jeito, a sorte não estava sendo uma boa companheira para mim. E a dor não desapareceu, muito embora eu tivesse me derramado para ela através do computador. Quem disse que desabafo fazia bem?

Fui até a cozinha e peguei um copo de água. Àquela altura dos acontecimentos, minha boca estava seca como um deserto ao meio-dia, e minhas mãos suadas como num torneio de queda-de-braço. Olhei para o telefone. Se ela tivesse algum interesse, entraria em contato, não é verdade? Passei, então, os próximos dez minutos olhando fixamente para o telefone. Nada. Só a voz da novela e as risadas da vizinha.

Capítulo XL
Nada?

Eis que um som corta o ambiente! Meu interfone estava tocando. Quem poderia ser? Turco? Não... ele estava na casa dele, eu mesmo o tinha deixado lá. Meus pais? De jeito nenhum.

— Pronto?

— Thaís está querendo falar com o senhor.

— Pode mandar subir, sr. Geraldo.

Um sonho, foi meu primeiro pensamento. Uma homônima? Outra Thaís querendo cobrar alguma conta que me esqueci de pagar?

— Ela disse que só veio pegar um CD com o senhor, que ela não precisa subir.

— Fale para ela que estou descendo, então, sr. Geraldo.

Fui até o banheiro, me olhei no espelho e estava tudo bem. Saí do apartamento e, quando acabava de trancar a porta, me lembrei do CD do pai dela. Entrei novamente, correndo, e peguei o CD do Schoenberg — a trilha sonora do meu trauma, o dia do término do namoro.

Peguei o elevador e foi a descida mais tensa da minha vida. Era como se meu batimento cardíaco estivesse numa progressão inversamente proporcional ao número dos andares que apareciam no quadrinho luminoso. Ao abrir a porta do elevador, lá estava ela — a mesma Thaís simples e bela que eu havia visto algumas horas atrás na faculdade.

— Há quanto tempo, Thaís!

— É mesmo.

Via nitidamente no seu olhar que ela estava constrangida.

— Está aqui o CD. Muito bom, fale pro seu pai que eu gostei muito e que eu pretendia devolver antes, mas... você sabe — olhei para ela constrangido, e ela desviou seu olhar.

— Então eu já vou indo, Fábio.

— Espere! Não podemos conversar?

Geraldo, o porteiro, estava claramente interessando no desenrolar da nossa conversa. Thaís, percebendo isso, fez um gesto com a mão me chamando para irmos para o lado de fora. Chegamos ao caminho cercado de jardins laterais que levava até a grade externa do prédio.

— Eu me senti muito humilhada — foi a primeira coisa que ela disse do lado de fora.

— E eu não me perdôo por isso, Thaís. E nunca vou me perdoar. É difícil ter coragem de dizer o que vou dizer agora: foi um erro estúpido — dei uma parada e continuei —, mas abriu meus horizontes. Hoje, vivo um paradoxo. Ao mesmo tempo em que me odeio pelo que fiz com você, não posso negar que esse erro abriu minha mente! Nunca mais deixarei de ler um livro, Thaís! Por sua causa! Sempre que acabar um, começarei outro. E quero juntar dinheiro para visitar grandes museus, ver obras de arte, ouvir concertos. Mas tenho que ter a pessoa certa do meu lado. De nada adianta descobrir que existe alguém que vai me iluminar, alguém perfeito para mim e perder essa pessoa justamente quando mais preciso dela. Não é justo.

Estava sendo sincero. Já não tinha medo do que estava falando. Ela, então, começou a chorar. Nada mais apavorante para um homem do que presenciar uma mulher chorando. Simplesmente não sabia o que fazer. Cada lágrima que escorria em seu rosto era uma faca enfiada no meu peito: toda a minha culpa aflorava novamente. Sem saber o que fazer, só pude perguntar desesperadamente:

— Por que você está chorando?

— Nada — ela respondeu com o rosto já vermelho.

— Como nada? Desse jeito eu vou querer sumir do mundo! O que eu posso fazer para você parar?

— Nada! É que você era o homem que eu sonhei encontrar. E... — ela soluçava — e... de repente você se tornou um nada, uma fraude. E eu me decepcionei demais! Tenho comido mal, dormido mal...

— Me perdoe! Eu vou ser esse homem, já estou me esforçando o máximo! E não é mudança de ocasião, não, Thaís. Eu gosto, me ouça bem, eu gosto de tudo aquilo que vivemos juntos.

Meu Deus, como ela é linda, pensava. Se eu conseguisse reconquistá-la, leria todos os autores do cânone em um ano.

Tentei consolá-la mais de perto. Peguei sua mão esquerda, e ela a tirou.

— Você é o Fábio especial que conheci? Ou será mais uma encenação só para me reconquistar?

— Se você visse a quantidade de livros e CDs que estou comprando, mesmo sem ter você do meu lado, você veria que estou dizendo a verdade.

— Só existe um jeito de eu conseguir acreditar em você de novo. Você terá que me provar que seu jeito... hum... culto de ser não é uma máscara. Vamos ser só amigos. E então verei se o Fábio que está aqui na minha frente dizendo essas coisas é um homem de palavra.

— Estou disposto a passar por qualquer teste, Thaís, se for para reconquistar você. Você verá que não sou uma fraude. E verá também que você me fez um bem muito grande.

— Então eu vou indo, Fábio.

— Quando nos vemos de novo, Thaís?

— Sábado.

— Você quer que eu leve meu livro do Montaigne para você me argüir? — tentei fazer uma brincadeira bem de leve, mas, logo que saiu da minha boca, já me arrependi (e a minha expressão facial me condenava).

— Não. E é melhor você levar isso a sério. No sábado, vamos a uma galeria de arte ou um museu. Não me importa sabedoria de almanaque, Fábio. Mais importante é o que vem do coração.

Ela foi embora. Pensei que, dessa vez, não poderia decepcioná-la.

E a taquicardia voltou.

Capítulo XLI
Arte

Naquela semana, fiz mais compras. Estava me tornando um consumidor de cultura, em todas as suas formas: livros, discos, cartões-postais de quadros famosos e o que mais aparecesse nessa área. Ouvi muito Schumann naquela semana. E também Beethoven (estava particularmente apaixonado pela abertura da ópera *Egmont* — belíssima). Estava também maravilhado com a abertura da ópera *Rienzi*, de Wagner. E lia com entusiasmo. Minha crescente biblioteca excedia (e muito) a minha capacidade e meu tempo para a leitura. Todo minuto livre, porém, era dedicado aos livros, sempre acompanhados de uma grande música ao fundo (a clássica, única que não me atrapalha a leitura). Devo admitir que não abandonei o good and old rock-and-roll nem o pop. Durante meus demorados banhos, escutava Talking Heads.

Para o esperado sábado com Thaís, tive que me preparar. Procurei informações sobre as artes plásticas ou visuais, para que não fizesse feio — e tentei não importunar Felipe de novo.

Segundo os textos que li, a capacidade de produzir arte foi adquirida há relativamente pouco tempo, no curso da evolução. Se o homem vive na Terra há dois milhões de anos, a arte pré-histórica mais antiga de que se tem notícia data de "somente" vinte e cinco mil anos (aproximadamente).

O que é a arte? Muito já se disse sobre arte e beleza, ou seja, como o ser humano sente prazer ao se deparar com uma obra que atinja um certo grau de beleza. De acordo com *sir* Herbert Read, porém, "a arte não é necessariamente beleza: nunca será demais repeti-lo". Ele continua: "quer encaremos o problema historicamente (considerando o que foi a arte em tempos idos), quer sociologicamente (considerando o que a arte é atualmente nas suas manifestações diárias em todo o mundo), verificamos que a arte tem sido ou é ainda muitas vezes destituída de qualquer beleza". O certo é que nada gera tantas discussões quanto esta pergunta: o que é a arte? Ou esta outra: para que ela serve? Existe até uma filosofia da arte, para tentar dar respostas a esses questionamentos. De acordo com H. W. Janson e Anthony F. Janson, na obra *Iniciação à História da Arte*, que comprei nesta semana, "uma das razões pelas quais o homem cria é um impulso irresistível de reestruturar a si próprio e ao seu meio ambiente de uma forma ideal". Assim, uma grande obra "contribui para nossa visão de mundo e nos deixa profundamente emocionados". E, portanto, resiste ao teste do tempo. Os artistas não querem explicar sua arte. Se quisessem usar palavras, seriam escritores. A própria obra é a sua afirmação. Encontrei, na arte, semelhanças entre o que aprendi sobre música e leitura: para que o diálogo entre nós e a obra (uma música, um livro, um quadro ou uma escultura) seja completo, temos que ter uma participação ativa. O primeiro nível (intuitivo) é importante, mas, para penetrarmos inteiramente na experiência artística, podemos (e temos que) nos esforçar para compreendê-la adequadamente. A arte nos ensina a ver o mundo de uma nova forma.

Por isso, dentro do meu novo modo de vida, a arte definitivamente deveria ser parte da minha formação. A partir de agora, buscaria os instrumentos críticos para que tivesse um julgamento estético próprio, para que pudesse encontrar os quadros e esculturas que me despertam emoções especiais. Meu encontro com a música foi compensador. Também foi gratificante com a leitura. Com as pinturas e esculturas, certamente meu olhar se transformaria completamente. Deixaria de ser um espectador passivo. Muito pelo contrário, eu reagiria a toda e qualquer expressão artística. Em vez de simplesmente ouvir, ler ou ver... sentir!

Capítulo XLII
Thaís e eu...
Com mais gente no museu

O sábado veio. Nublado, não parecia nada animador, não fosse o fato de que, um dia antes, eu havia ligado para Thaís e combinado os detalhes para ir ao museu. Ela preferiu que eu não a levasse no meu carro, pois já estaria lá na hora marcada. Não perguntei mais nada, já que não estava na posição para fazer isso. Simplesmente aceitei o combinado: às três, no Museu de Arte.

Cheguei alguns minutos antes e aguardei a chegada de Thaís. Eram três e cinco quando ela apareceu. Depois de nos cumprimentarmos, convidei-a para subirmos e ela, da maneira mais natural do mundo, falou:

— Estamos aguardando uns amigos meus da faculdade.

— Tudo bem — disse sem qualquer convicção, contrariado por não ter um momento a sós com ela.

— Olhe lá. O Patrick está chegando.

Quando me virei, vi justamente o rapaz que a acompanhava na faculdade, aquele de cabelo desgrenhado e olhos azuis, vestindo o mesmo All Star e calça jeans levemente rasgada e desfiada nas pontas. Thaís nos apresentou e explicou o porquê da reunião daquele grupo: a faculdade havia feito uma parceria com o museu para elaborar um CD-ROM sobre o acervo e a restauração das obras de arte. Os alunos da faculdade foram chamados para o trabalho. Thaís e mais três alunos cobririam parte do acervo naquela tarde.

Logo depois, chegaram mais duas estudantes. Natália era de uma magreza espantosa, com o cabelo pintado de louro, mas com a raiz já demonstrando a verdadeira cor preta. Alice não era tão magra quanto Natália, mas não chegava a ser corpulenta. Tinha os cabelos lisos e escuros, divididos ao meio.

Para cada um que chegava, Thaís me apresentava como um amigo, advogado, que veio somente para conhecer o museu. Patrick, pelo menos ao que me pareceu, era o mais desconfiado. Mas poderia ser mania de perseguição minha.

Assim que entramos no museu, Thaís liderou nosso grupo até uma recepcionista, a quem perguntou sobre a Rita, nossa guia. A recepcionista pediu que aguardássemos um instante e, alguns minutos depois, apareceu a tal Rita, uma mulher por volta dos seus 50 anos, cabelos bem curtos, corte rente, castanho-escuro, vestida elegantemente com um terninho cinza.

Rita nos recebeu muito bem, especialmente Thaís, devido ao fato de conhecer sua mãe. Cada um se apresentou a ela — e eu, para variar, fui alvo de mais um olhar estranho, do tipo "o que você está fazendo aqui". Passada essa surpresa inicial, ela me disse, quase que despretensiosamente:

— Sempre me relacionei muito com o pessoal da sua área. Meu ex-marido é juiz.

Ergui minhas sobrancelhas e sorri levemente, mas preferi ficar calado, para evitar qualquer constrangimento.

Seguimos para o corredor principal, que nos levava às principais galerias. Rita propôs que fôssemos até uma sala de projeção, para nos explicar alguns conceitos básicos sobre a apreciação artística. Segundo ela, sem isso, "os jovens não conseguirão fazer um trabalho à altura da verdadeira arte". Passamos pelo corredor e chegamos a uma escada lateral. Subimos e, seguindo caminho contrário ao demarcado para os visitantes, chegamos a uma porta. Entramos numa pequena sala, com no máximo quarenta lugares, um computador e um projetor. Rita disse que aquela aparelhagem nova acabara de chegar devido à doação de um grande banco. "Sem as doações esporádicas", ela falava enquanto me encarava, "estaríamos muito pior do que estamos hoje."

Capítulo XLIII
Mais uma aula para refletir

Rita apagou as luzes que havia acabado de acender. Ligou o computador e, antes de começar a projetar as imagens, começou sua explicação:

— *Vita brevis est, ars longa*. Quem sabe o que isso significa?

Não sou nenhum expert em latim, mas, como advogado, tinha o dever de responder antes do Patrick.

— A vida é breve, mas a arte é longa.

— Muito bem, advogado.

— Ouvimos muito essa frase, não é verdade? Ela dispensa mais comentários. Nós, humanos, passamos rapidamente por esta vida. Mas a arte fica.

Ela continuou.

— Ver uma obra de arte é uma experiência agradável, mas, para que possamos apreciá-la em sua integridade, temos que ter certo conhecimento. Apreciar a arte é uma troca: dar e receber. Quanto mais nos dedicamos a adquirir o conhecimento necessário, mais a experiência será enriquecida.

Até aquele momento, tudo o que ela dizia confirmava minhas leituras e minha experiência com outras formas de arte — musical e escrita.

— Para uma ótima apreciação da obra de arte, temos que levar em consideração certos elementos que nos ajudam muito a perceber os detalhes, a riqueza, os sentimentos, a técnica, a inventividade e a profundidade do artista. No quadro, por exemplo, temos que observar a cor. A composição também. Se há impressão de movimento, unidade e equilíbrio. E, por fim, o clima. Às vezes, o artista quer demonstrar um clima trágico, às vezes triste, outras vezes apaixonado.

— Mas o que o artista pensa quando cria? Assim... o que ele pretende? — perguntou Natália.

— Boa pergunta. Todos nós utilizamos a nossa imaginação, não é? Mas o artista expressa sua imaginação através de um objeto. Para Tolstoi, a atividade da arte consiste em evocar um sentimento dentro de si e transmiti-lo por meio de movimento, linhas, cores, sons ou formas expressas em palavras, para que outra pessoa experimente o mesmo sentimento. Para muitos estudiosos, isso não basta, pois, por exemplo, músicas pop melosas também partem desse princípio. Lembro Aristóteles, que dizia que o objetivo do drama é purgar-nos das emoções. A apreciação estética traz reflexão e, para muitos, alívio para nosso sobrecarregado momento emocional.

Estava curioso sobre a questão do prazer difícil, tema da palestra na faculdade. Por isso, não perdi a oportunidade de conhecer a impressão de Rita.

— Você considera a arte um prazer difícil, Rita? Vou tentar explicar melhor o que eu quero dizer. Por que a maioria das pessoas não tem gosto pela arte, mas adora um filme policial cheio de explosões? Eu mesmo era assim. Se a TV estivesse transmitindo uma orquestra tocando Mozart, eu mudava de canal sem qualquer paciência. E parava no primeiro canal que tivesse uma perseguição policial ou um programa de esporte radical.

— Pergunta difícil, doutor! Para respondê-la, temos que lembrar que gosto é um conceito muito complexo, até mesmo gerando ricas discussões entre filósofos do porte de David Hume e Kant. Será que podemos criticar quem não tem paciência para ouvir uma boa música ou apreciar calmamente um bom quadro? E, se criticamos, será que nos tornamos esnobes? Quem é o juiz para decidir o que é bom ou não?

Rita se conteve um pouco para colocar o raciocínio em ordem. Thaís me olhava com um ar de surpresa, enquanto as outras duas pareciam admirar minha capacidade de participar de algo para o qual eu não fui chamado. Patrick? Indiferente.

— Discutir gosto envolve o tema "apreciação estética". A pessoa que tem o chamado bom gosto para as artes e o entretenimento geralmente critica aquela outra que tem um gosto duvidoso. Por outro lado, há aquela velha máxima: gosto não se discute. *De gustibus, non est disputandum*. Nem sempre a resposta estética que damos para alguma obra vai se ater exclusivamente à escolha e à deliberação. Muitas vezes, ela é fruto de aspectos psicológicos e reações nem sempre explicáveis facilmente. Então, voltamos à velha discussão filosófica. Devem existir padrões para o julgamento estético de uma obra de arte. Mas esses padrões se baseiam em reações subjetivas de indivíduos ao apreciar o objeto. E tais reações são variáveis, não é verdade?

Thaís, aproveitando uma pequena pausa de Rita, resolveu participar da discussão:

— Acho que a pergunta do Fábio pode ser colocada de outra forma. Existe um modo de diferenciar o bom gosto do mau gosto? Eu, por exemplo, me considero uma pessoa conhecedora das artes, das músicas de qualidade, etc. Mas sei que algumas coisas ruins me atraem. Mas de onde tirei que elas são ruins? Algo me diz que elas não são tão boas quanto as coisas boas que conheço.

— O que você gosta de ruim, por exemplo? Conta pra gente! — perguntei num tom irônico, e todos riram.

— Você quer mesmo saber?

— Todos queremos — disse Natália.

— É... que vergonha! — a pele de Thaís já estava ruborizada. — Mas lá vai: eu adoro aqueles livrinhos de romance de banca. Um homem de um país conhece uma mulher de outro país num terceiro país e se apaixonam perdidamente e blablablá. Todo mundo sabe o final!

Natália e Alice começaram a rir. Patrick acompanhava com um sorriso contido. Rita retomou a conversa.

— Sua colocação foi ótima, Thaís. Às vezes, nós suspeitamos que aquilo de que gostamos é de mau gosto. Mas nós gostamos mesmo assim. E não é só isso. Para apreciar uma obra de arte, muitas vezes não estamos relaxados o suficiente, ou descansados o bastante, e preferimos algo que nos dê um prazer mais imediato. Ouvir uma música erudita contemporânea, por exemplo, exige atenção, concentração. É o que se chama de prazer difícil. Mas e quando chegamos em casa e só queremos tirar o sapato e ouvir a coletânea de músicas românticas da novela? Não há nada de mau nisso. No entanto, tenho certeza de que o gosto estético tem a ver com qualidade. E existe uma clara divisão entre a verdadeira alta cultura, reconhecida como tal, e o prazer da apreciação simples e imediata. O que nos compete, pessoas esclarecidas, é tentar melhorar nosso gosto. Voltaire comparava o gosto pela arte ao gosto do paladar e dizia que o hábito pode ajudar a formá-lo.

— Mas gosto por comida não se discute, certo? Eu adoro feijão, a Alice pode odiar — interveio Natália.

— A metáfora do gosto, que lembra o paladar, parece bem adequada para a reação individual diante da arte. É de cada um gostar ou não gostar. Um quadro de Picasso pode me encantar, me causar um impacto enorme. Para você, pode ser indiferente. Assim é quando comemos algo, você tem razão. No entanto, para a crítica especializada em arte, gosto não parece uma metáfora tão boa, afinal eles estabelecem padrões.

Ela começou a caminhar entre as cadeiras e continuou.

— David Hume, filósofo inglês, era um defensor de padrões para o gosto artístico. Comparava, assim como Voltaire, o gosto pela arte com o gosto pela comida e bebida. Ele conta uma anedota mais ou menos assim: dois provadores de vinho têm seus olhos vendados. Ao provar o vinho, eles são ridicularizados porque distinguem, no sabor do vinho, traços de metal e couro. No final, eles são vingados, pois o jarro é esvaziado e lá havia uma chave com um laço de couro em sua volta. Para Hume, eles possuíam o gosto mais delicado, pois seus órgãos estavam tão bem treinados e exatos que não permitiam que nada escapasse e, ao mesmo tempo, percebiam cada ingrediente na composição. Com prática e educação, cada um de nós pode ser capaz de desenvolver esse gosto delicado, inclusive para as artes. E Hume era otimista nesse ponto. Ele confiava que a disposição e a constituição psicológica de todos era a mesma. Basta, como disse, prática e educação. Hume, contudo, jamais disse quais eram esses padrões para o gosto. Ele só disse que a prática seria apreciar aquelas obras reconhecidas, já aprovadas pelo teste do tempo. Para ele, o padrão era o que já tinha sido reconhecido como de bom gosto, aprovado provavelmente por um corpo de juízes sofisticados que concordaram sobre quais obras merecem alto grau de atenção.

— Nem sempre isso é verdade, Rita — disse Thaís.

— Como assim?

— Nem sempre os críticos acertam. E a opinião deles pode variar com o tempo, com o lugar...

— Você está certa, Thaís. Por isso, Kant discordou de Hume. Ele distinguiu o que era prazeroso do que era belo. Comida e bebida, por exemplo, são somente prazerosos, e esse prazer é puramente corporal, físico. Já o julgamento da beleza se baseia no reconhecimento da harmonia do objeto. E se baseia também nas estruturas de racionalidade e entendimento existentes em todos os seres racionais e que têm um reconhecimento comum, qualificando-se como universais para todos os apreciadores.

— Eu acho que as preferências artísticas são uma imposição da classe dominante e não têm nada a ver com padrões de qualidade — a voz masculina de Patrick surpreendeu, e todos se voltaram para ele após sua súbita participação. — Falar de gosto, comparando com comida, só reafirma o discurso da elite dominante, pois, através do gosto, se chega à distinção de classe. Os ricos comem caviar e foie gras. Pobre não tem dinheiro para ter um gosto delicado, como você disse. Come o que tem.

Rita sorriu e, elegantemente, replicou:

— Discordo, meu jovem. Não acho que o problema esteja nas diferentes classes sociais. Uma mesma pessoa pode ter gostos distintos, bons e ruins, para diferentes manifestações artísticas. Um apreciador de Picasso pode adorar filmes B de terror. E isso nada tem a ver com classe. Thaís adora romances de banca, mas ama os quadros de Velásquez. Gosto descreve a disposição de uma pessoa em ter prazer e responder positivamente a certos objetos e obras de arte. É também a habilidade de discernir e avaliar qualidades estéticas. Ocorre que, nem sempre, o prazer imediato que uma pessoa sente chega ao nível do mérito da obra. Surgem, então, conceitos como prazer fácil e difícil, o que não me agrada, pois dá uma idéia de sofrimento. Para mim, esse é um paradoxo superficial. O prazer, às vezes, é difícil, porque estamos lendo uma tragédia, o que requer de nós uma grande entrega emocional.

Uma música complexa ou uma pintura moderna demandam de nós foco e atenção, para os quais, às vezes, não estamos preparados ou descansados o bastante. Por isso, procura-se o prazer dito fácil. Ele não requer nada ou quase nada de nossa atenção e preparo.

— Mas a recompensa é pequena, não é? — minha pergunta baseou-se na minha própria experiência.

— É. O prazer fácil empalidece rapidamente e raramente se sustenta após a repetição. Nós simplesmente enjoamos e não sabemos por quê. Pensamos: como é possível, se isso me dava tanto prazer antes?

Capítulo XLIV
Fim de debate

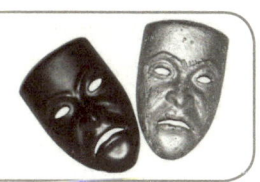

Depois do nosso longo e enriquecedor debate, Rita nos mostrou uma série de quadros, explicando em cada um os elementos principais para a melhor apreciação. Clima, movimento, equilíbrio, estilo, todos os principais aspectos foram detalhados. Thaís e o resto de grupo anotavam e gravavam o que Rita falava. Terminada a explicação, caminhamos pelo museu, e as explicações continuavam. Foi uma tarde inesquecível.

Na saída, Rita se despediu de nós e, já do lado de fora, Natália, Alice e Patrick combinaram o próximo encontro do grupo. Ofereci-me para levar Thaís até seu carro, e ela aceitou. Patrick partiu desconfiado — eu peguei o cabeludo dando uma olhadela para o nosso lado.

Caminhando para o carro, falei sobre como havia sido interessante aquela tarde. Ela concordou, e trocamos mais algumas impressões sobre o museu, Rita e os quadros que ela nos mostrou. Chegando ao seu carro, não resisti e fui direto ao ponto:

— Você aceitaria meu humilde convite para sairmos para jantar hoje?

Ela tinha um olhar ambíguo que me deixava apreensivo.

— Não sei. Tenho que preparar muita coisa amanhã.

— Preparar? Pra quê?

— Eu vou passar um tempo fora. Consegui um estágio na área de jornalismo cultural no Instituto de Arte de Chicago. É um programa novo, nem sei se vão fazer outro.

— Chicago?

— É um sonho meu, Fábio. O Art Institute de Chicago é um museu excelente, com um acervo de alto nível. Lá, eu vou viver um ambiente cultural superinteressante.

Eu estava chocado. Ela não podia me abandonar, justo agora que eu queria me redimir de todos os erros.

— Mas... eu nem sei o que dizer, Thaís. Isso surgiu de repente, assim do nada?

— Não, eu já estava em contato com eles faz um tempo, mas não tinha certeza de nada. Por isso, não falei com ninguém. A resposta chegou nesta semana.

— Quanto tempo vai durar o curso?

— Quatro semanas, no mínimo. Se aparecer alguma coisa pra mim, fico por lá mais um tempo.

Estávamos parados do lado da porta do carro dela, um EcoSport prata. Estava arrasado. Meu pensamento era um só: se ela fosse, minhas chances com ela desapareceriam. Ela era muito bonita e inteligente para que eu a deixasse escapar assim.

— Quando você vai? — perguntei com a voz engasgada.

— No sábado que vem. Daqui a uma semana.

— Meu Deus, está muito em cima! Como não fiquei sabendo?

— Quase ninguém sabe, Fábio. E quase não nos vimos nos últimos tempos, não é?

Era verdade. Essa maldita viagem surgiu justamente no momento de nossa separação e, agora, vinha estragar minha reaproximação. Eu odeio Chicago!

Ela me deu um beijo no rosto e entrou no carro. Ela abriu o vidro e eu perguntei:

— E hoje à noite? Um cinema, pelo menos?

— Não. Acho melhor não.

— Por que não? Duvido que você vá fazer a mala hoje, num sábado à noite!

— Durante a semana, não terei tempo de ver nada. Estou cheia de coisas pra fazer na faculdade. Vou tirar este fim de semana para arrumar tudo para a viagem.

Ela me deu um tchau constrangido, afinal estava na cara meu estado de espírito contrariado. Fui até o meu carro e peguei o caminho de casa. Já era noite e não havia nada de interessante para eu fazer.

Depois de estacionar o carro na garagem do prédio, fui à banca de jornal perto da minha casa. Encontrei um DVD de ópera: *La Bohème*, de Puccini. Em casa, coloquei meu pijama (é, eu uso pijama...), deitei no sofá, fiz um misto-quente e preparei um copo de leite gelado com Nescau. O clima estava preparado para um sábado de ópera —, mas meu desejo era o de que tudo estivesse bem com a Thaís e que ela estivesse ali ao meu lado. Ela estava longe, porém. E estaria muito mais longe no próximo sábado, na maldita Chicago, Illinois.

Capítulo XLV
Um telefonema:
o reaparecimento do bizarro

Comecei a assistir à ópera e estava realmente gostando, especialmente a montagem moderninha, bem diferente do que imaginava. Refestelado no sofá, curtia a minha tranqüila solidão. As belas canções de Puccini me acalmavam e entretinham. Até que o telefone tocou e, depois de um pulo de esperança, fiquei surpreso com a pessoa que estava do outro lado da linha.

— Seu traidor e invejoso! O que você fez vai ter volta. Isso não vai ficar assim não.

A voz masculina era conhecida. Por uma fração de segundo, achei que poderia ser um engano, pois, Deus sabe, não faço mal a ninguém e não posso dizer que tenha inimigo. Mas a dúvida se dissipou quando ele continuou.

— De onde eu vim, tudo se resolve com um revólver. Você vai se arrepender de ter me impedido de trabalhar com o dr. Resnik.

Era o psicopata do Cláudio Silveira da Silva. Calmamente, tive que retrucar.

— Fique calmo, rapaz. Não tem nada disso, a decisão final não foi minha. Eu não sou dono do escritório. E, mesmo que fosse, você não teria o direito de me agredir.

— Revólver! Eu vou resolver isso à maneira do interior: na bala!

— Vou falar uma vez só: ou você pára com as ameaças, ou eu vou ter que tomar medidas contra você.

— Não tenho medo de você. Minha mãe enfrenta jagunço no interior! Aprendi com ela a lidar com traidores.

Até que estava divertida a conversa. Ele era tão bizarro que se tornava engraçado. Resolvi atiçar um pouco a fera.

— Volta para o interior! Ou vai pra Noruega!

— Não fala mal da Noruega. Nem da minha mãe!

Acho que a Noruega era mais importante que a mãe dele. Eu nunca tive nada contra a Noruega, muito pelo contrário, sempre admirei os países escandinavos. Mas provocar o Cláudio era muito divertido!

— É verdade que você tem complexo de ser um brasileiro típico? Por isso essa psicose com a Noruega?

Ele partiu para os xingamentos, e eu logo tirei o telefone do ouvido. Só captei uma frase solta: "Vou matar você." Nada mal para um sábado qualquer: a mulher que quero me diz que vai para o hemisfério norte, e um maluco resolve me ameaçar de morte.

Desliguei o telefone sem saber o que fazer. Pelo nervosismo do Cláudio, ele poderia me atacar na rua a qualquer momento. O único jeito era apelar para a pessoa que o conhecia melhor.

> Capítulo XLVI
> # Maria Lúcia

Liguei para o celular de Maria Lúcia. Ela estava na casa da irmã mais velha. Contei sobre o telefonema bombástico, para a surpresa dela.

— Depois que a gente termina é que as coisas vão aparecendo, Fábio. Eu fiquei sabendo de um monte de podre desse cara. Acho até que ele é gay.

— É mesmo? Não me surpreende...

— Ele é o ser mais esdrúxulo que este mundo já viu. Já trabalhou num colégio como professor de química, mas foi mandado embora porque ficava fazendo intriga entre os professores e os donos. Uma coisa horrível. Acusou até um professor de roubar dinheiro do colégio.

— Ainda bem que ele não foi para o escritório. Me sinto bem de ter, de certa forma, impedido a entrada dele. O problema é que eu despertei uma fera... a última coisa que eu precisava na minha vida.

— Não ligue, Fábio. Aquele louco é uma fraude em tudo o que faz, inclusive nas ameaças. Aposto que ele ficou falando da mãe dele.

— Como é que você sabe? — perguntei assustado.

— Ele tem complexo de Édipo, eu saquei logo. Só falava da mãe, andava abraçadinho nela como se ela fosse amante dele. E sempre dizia que o pai era um frouxo. Coisa de maluco.

— Se você está dizendo que as ameaças são uma balela, fico mais tranqüilo.

Desligamos e voltei para a ópera. O telefone tocou novamente e eu, sem ter um identificador de chamadas, não sabia se atendia ou não. Um pouco assustado com as agressões do Cláudio, preferi não atender, apesar de algo no fundo da minha consciência me dizer: "E se for a Thaís me chamando pra viajar com ela pra Chicago?"

A ópera terminou e fui dormir confuso. Deitado na escuridão do meu quarto, quebrada somente pelo meu rádio-relógio, pensava em Thaís e sua viagem, em Cláudio e suas agressões, nos processos que enchiam minha mesa no escritório e tantas outras coisas. Sem conseguir dormir, acendi as luzes e fui ler Jorge Luis Borges ao som de Schubert. Belíssima combinação! Meia hora depois, fiquei mais tranqüilo, embora estivesse muito impressionado com o personagem de Borges, um escritor que, no momento de ser executado por um pelotão de fuzilamento, congela o tempo para terminar sua obra literária. Misteriosamente, dormi muito bem depois da sessão de Borges e Schubert.

Meu domingo não foi muito diferente. Na verdade, foi um daqueles domingos comuns e chatos, como acontece freqüentemente em nossas vidas vazias. Almocei com meus pais e conversamos sobre as coisas de sempre. Eles me perguntaram sobre o livro que disse que iria escrever, e eu disse que estava sem tempo. Já no fim da tarde, depois de ver um jogo de tênis no canal de esportes, quando voltei para minha casa, resolvi pesquisar quais óperas deveriam fazer parte da minha iniciação. Busquei na internet algo que pudesse ajudar. Encontrei uma lista das performances do Met (apelido íntimo de Metropolitan Opera House, de Nova York), no período de 1990 a 2001. Se eram as óperas mais apresentadas em Nova York, poderiam me servir nesse primeiro momento. Depois, poderia aprofundar mais meus estudos. A lista era a seguinte:

1. *La Bohème* (Giacomo Puccini): 136 performances
2. *La traviata* (Giuseppe Verdi): 102 performances
3. *Aida* (Giuseppe Verdi): 91 performances
4. *Madama Butterfly* (Giacomo Puccini): 90 performances
5. *Die Zauberflote – A Flauta Mágica* (W. A. Mozart): 82 performances
6. *Tosca* (Giacomo Puccini): 78 performances
7. *Rigoletto* (Giuseppe Verdi): 76 performances
8. *Le Nozze di Figaro* (W. A. Mozart): 75 performances
9. *L'elisir d'amore* (Gaetano Donizetti): 62 performances
10. *Don Giovanni* (W. A. Mozart): 61 performances

Capítulo XLVII

Botão snooze (ou um breve ensaio sobre a mísera condição humana)

Para quem não conhece, o botão snooze do rádio-relógio é aquele que permite você interromper o alarme, para que, dali a cinco minutos, ele volte a soar irritantemente na sua cabeça. E então você tem outra chance de apertar o snooze, para tirar mais uma soneca de cinco minutos. Até ser humilhado pelo novo toque. Ou até decidir acordar de vez.

Na segunda-feira de manhã, como sempre, meu despertador tocou às seis e quinze da manhã. E, como também sempre acontece, me sinto o pior dos seres humanos. Meio acordado e meio dormindo, vagava naquele terreno estranho entre sonho e realidade. Ora, dormir é um direito sagrado do cidadão. Como advogado, acho que a Constituição deveria incluir o sono como garantia fundamental. Peraí, isso já é parte do sonho. Revoltado com o insistente alarme que me impedia de dormir, vi que o snooze é a maior esmola já inventada para aplacar o sofrimento com nossas obrigações perante a sociedade. A porcaria do alarme me lembra que sou uma peça muito pequena do sistema e que não tenho o mínimo controle sobre meus passos. Só o que eu quero é dormir sem ter essa buzina ridícula na minha cabeça! Não quero esse snooze como minha tábua de salvação — uma tábua bem fina, que só vai durar míseros cinco minutos. O alarme soou de novo, lembrando que eu queria ir ao banheiro: pipipipipipipipi. "Droga de xixi, eu quero dormir", eu lutava comigo mesmo. Os xingamentos do Cláudio se repetiam na minha cabeça. E foi naquele exato momento, enquanto a minha mão se dirigia violentamente até o botão snooze (pela quarta vez naquela manhã) que tive uma idéia revolucionária, que revertia toda a lógica repetitiva da minha vida robótica de peça do sistema e dava um basta em tudo aquilo: eu também vou a Chicago!

Capítulo XLVIII
Viagem para Chicago?

A segunda-feira se iluminou de repente. O dia estava ensolarado? Nenhuma diferença fazia. Na verdade, estava chovendo e isso pouco importava. Pulei da cama e fui direto para o banho, entusiasmado como há muito tempo não me via. As trovoadas não foram o bastante para me lembrar de que eu tinha que colocar aqueles sapatos da gaveta do canto, que não escorregam na chuva. Assim que saí do meu carro, já chegando ao prédio do escritório, levei um tombo inesquecível. Não estava nem aí.

Diante do meu computador, comecei a procurar hotéis pela internet. Thaís não poderia saber dos meus planos, pois diria que é uma loucura. "Pode até ser", pensei. Mas algo me dizia que era o que eu deveria fazer. Depois de me decidir pelo hotel, fiz a reserva pela internet. Escolhi o Palmer House Hilton, na East Monroe Street, que me pareceu bem tradicional pelas fotografias e é do lado do tal Instituto de Arte. Fiz reserva para uma semana, já que não sabia se voltaria para o Brasil. Se ficasse lá por mais um tempo, daria um jeito de ficar próximo da Thaís. As passagens aéreas seriam outro problema, não fosse a minha agente muito competente. Consegui o último lugar num vôo da Continental Airlines para Chicago, com escala em Newark. Se eu fosse um cara de sorte, Thaís estaria no mesmo vôo. E se eu fosse um sortudo mesmo, do nível desses ganhadores de loteria, ela poderia estar sentada do meu lado. Por que não?

No fim do dia, tudo estava arranjado. Um recorde digno do *Guiness*. O próximo passo era comprar dólares no banco. Faria isso na terça-feira. No meio disso tudo, só tive um momento de desespero: o visto. Mas, logo depois, lembrei que dois anos antes tinha tirado o visto para uma viagem com Maria Lúcia a Nova York e Miami, que nunca aconteceu. Santa M. L.!

Na terça, deveria seguir meu planejamento. Além de trocar meus reais por dólares, iria procurar meu chefe para pedir um mês de férias. Sabia que não seria fácil. Sou um bom profissional, tenho um número considerável de processos sob minha responsabilidade e um novo cliente trazido por mim para o escritório. Revoltado como estava, pedir demissão não me deixava apavorado e seria meu último recurso, em caso de resposta negativa do meu superior. "Seja o que Deus quiser", pensei enquanto ia para casa depois de uma segunda-feira alucinante.

À noite, liguei para os meus pais e para o Turco, contando a novidade. Obviamente, todos ficaram surpresos. Meus pais me perguntaram se eu estava de férias naquela época, o que era estranho para eles, já que isso nunca acontece nesse mês do ano. Para evitar estresse, disse que estava tudo certo no escritório. Já Turco, quando tomou conhecimento, falou:

— Você ficou maluco mesmo.

Depois que eu expliquei minhas razões, o alarme do rádio-relógio e minha manhã, ele completou:

— Está mais do que certo. Invejo você, meu amigo. Queria ter essa mesma coragem.

Capítulo IL
Conversa com o chefe

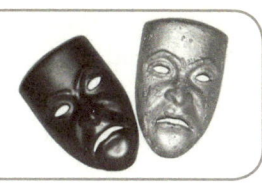

O dia de conversar com meu chefe havia chegado. Dr. Olavo me esperava em sua sala no fim do corredor, decorada com imponentes móveis de madeira escura. À sua direita, ficava o laptop, que o entretinha quando entrei na sala bem iluminada, cercada de prateleiras com belas coleções de livros jurídicos.

Logo que entrei, ele, agradável como sempre, ainda olhando para a tela do computador, disse:

— Recebi uma série de piadas sobre advogados e juízes por e-mail. Quer ouvir?

— Fale.

— Um homem é inocente até prova que esteja duro. Hehehe. Uma de juiz: você sabe quais são as cinco coisas que o juiz mais deseja?

— Não.

— Ter uma estagiária tão gostosa quanto a mulher dele acha que ele tem; saber tanto quanto o assistente dele acha que ele sabe; ganhar tanto quanto o vizinho dele acha que ele ganha; ter a vida mansa que os outros acham que ele tem; e ficar tão bem de toga quanto ele acha que fica. Muito boa, hehe.

Rimos muito, e ele continuou.

— Ando tentando criar uma piada, mas não sei se está boa. Veja o que você acha, Fábio.

Ele abriu a primeira gaveta de sua mesa e retirou um bloco com algumas anotações. Estava surpreso com o hobby predileto de um dos mais famosos advogados empresariais do país. Ele leu para mim suas anotações:

— Advogado adora dizer que calou a boca do juiz.

— É verdade! Quando advogado quer contar vantagem, diz que fez e aconteceu com o juiz.

— E olhe a outra parte: juiz adora dizer que já foi advogado.

— É mesmo!

Ele olhou para cima e completou:

— Agora falta uma frase sobre os promotores. Pensei em algo assim: e promotor adora dizer qualquer coisa, desde que tenha um jornalista na sua frente.

Rimos mais um pouco. Assim que ele guardou seu bloco, me perguntou:

— E aí, Fábio? Você disse que queria falar comigo. Em que posso ajudar?

— Eu sei que não é comum, que não é uma boa hora... Bem... Na verdade, é meio repentino o que estou querendo, eu nem sei se existe hora pra esse tipo de pedido.

— O que foi?

— Eu quero um mês de férias. Eu sei que tirei minhas férias não faz muito tempo. Mas... — doutor Olavo não me deixou terminar.

— Quando você pretende sair? Se tivermos um prazo razoável, acho que...

— Tenho que sair até sexta. No sábado, já tenho um compromisso inadiável.

— Já? Que compromisso? — ele perguntou um pouco assustado.

— Uma viagem pra Chicago.

Ele arregalou os olhos e repetiu:

— Chicago? — deu uma parada e fez a pergunta óbvia. — Por que Chicago no fim de setembro?

Fiquei em dúvida sobre o que dizer. Mas resolvi falar a verdade. Tinha que ser sincero com o dr. Olavo.

— É por causa de uma mulher.

— Fábio, você não acha um pouco imaturo viajar por causa de uma mulher com todas as responsabilidades que você tem aqui? E seus clientes?

Foi ali que decidi contar a história para o dr. Olavo, com direito a todos os detalhes: a festa onde conheci Thaís, meus novos gostos, os e-mails do Turco, a descoberta da fraude e tudo mais. Dr. Olavo prestou muita atenção em tudo, participando da conversa, pedindo detalhes e perguntando sobre aquilo que ficava mal explicado. Terminada a história, ele me encarou, calmamente pegou o porta-retrato em sua mesa e disse:

— Está vendo aqui a minha esposa? — ele mostrava uma mulher ao seu lado, loura, bonita, por volta dos seus 50 anos, numa paisagem provavelmente européia. — A primeira vez que a vi, soube que era ela que eu queria do meu lado para o resto da minha vida. Eu era só um filho de dono de bar, e meus pais lutavam com muita dificuldade. Mas eu vi a Ana Tereza e não tive dúvida. Seja sincero comigo, Fábio. O que você sente por ela é sincero? Ou é mais uma aventura juvenil como tantas que vocês, jovens, têm hoje em dia?

— Dr. Olavo — respirei fundo, emocionado com a compreensão do homem que estava em minha frente —, sem ela, nada mais vai fazer sentido pra mim.

— Era o que eu precisava ouvir.

Ele pegou o telefone e pediu para falar com o setor de recursos humanos. Explicou que eu tinha uma justificativa para viajar e que precisaria sair de férias por um mês na sexta-feira. Desligou o telefone e se voltou para mim:

— Quanto aos meus sócios, deixe comigo.

Não pude evitar minha explosão de alegria e gratidão, então fui até ele e lhe dei um grande abraço. Ele sorriu e falou:

— Organize tudo para que o resto da equipe possa continuar seu trabalho sem maiores problemas.

— Muito obrigado, dr. Olavo. Pode saber que o senhor está me fazendo um favor que nunca poderei retribuir.

Já saindo da sala, ele me chamou:

— Fábio, não se esqueça de visitar o Instituto de Arte lá em Chicago. É muito bonito.

— Pode deixar.

Capítulo L

O RESTO DA SEMANA

A segunda e a terça-feira se passaram rapidamente. Seria a ressonância Schumann? Não, não se trata do Schumann compositor, mas do físico Winfried Fábio Schumann, que descobriu o fenômeno da ressonância magnética entre a superfície da Terra e a ionosfera matematicamente, em 1952. Do ponto de vista científico, tudo certo. Mas existe uma teoria que diz o seguinte: a ressonância estaria aumentando, por isso existe a sensação de que o tempo passa tão rápido. Em vez de um dia durar vinte e quatro horas, hoje elas equivaleriam a dezesseis. Loucura, certo? Não me parece cientificamente muito correta essa interpretação mística da teoria de Schumann. Mas não posso negar que o tempo anda passando rápido demais para mim.

Os preparativos continuavam, e a ansiedade aumentava. Imaginava todas as desgraças que poderiam acontecer quando aparecesse no aeroporto de surpresa. Preferia não pensar nas boas hipóteses, talvez por medo de que, se pensasse nelas, não se tornariam realidade. Minha esperança era a de que, quanto mais pensasse num cenário, menos chance ele teria de se comprovar. Mas e se eu estivesse enganando a mim mesmo? Àquela altura dos acontecimentos, meu maior medo era ver o Patrick "eu-odeio-a-elite" levando Thaís ao aeroporto e dando um beijo de despedida. Não saberia o que fazer. Talvez fosse para Chicago do mesmo jeito, mas tentaria me esconder ao máximo dela. Se o tal Patrick fosse, aí seria caso de envenenar a comida dele no avião. Mas não acredito que vamos a Chicago no mesmo vôo. O que o destino estaria guardando para mim?

Na quarta-feira, Turco veio me visitar. Completamente assustado com minha personalidade ousada, ele disse que havia criado um monstro. Ele me ajudou a arrumar as malas, enquanto discutíamos sobre como o tempo passa rápido e como seria a cena da minha chegada ao aeroporto. Ele me sugeriu:

— Você poderia incluir esse seu caso com a Thaís no livro. É caso de novela.

Fiquei com aquilo na cabeça, afinal era mais uma boa idéia para o meu futuro livro. Combinamos que ele me levaria ao aeroporto no sábado, mas expliquei a ele que meus pais também queriam ir. Com todos eles lá, ficaria parecendo que eu era um adolescente sendo mandado para intercâmbio no exterior. Mas não tinha como impedir.

O resto da semana voou. Minha única dúvida passou a ser a mais fatal de todas: contar ou não a Thaís? Ela ficaria com raiva da minha inesperada companhia? Com certeza, seria uma surpresa enorme, e era impossível prever sua reação. Pior seria se a Thaís estivesse no mesmo vôo, não gostasse de me ver e eu resolvesse voltar. Teria que ficar um mês escondido no Pantanal para me recuperar da desilusão. Ansiedade é uma reação natural ao estresse, outro dia ouvi na televisão. Para mim, além da reação física (meu coração que dispara inexplicavelmente, minha mão suada, etc.), é conviver com um pensamento fantasma, um punhal, um frio...

Capítulo LI
Um filme do Woody e um poema para relaxar

Turco havia me indicado um filme que ele adora, mas que não constava na minha lista. Era o filme do Woody Allen chamado *Crimes e Pecados*. Na sexta, depois de ter organizado boa parte da minha bagagem, fui até a locadora pegar o filme para relaxar. Segundo o Turco, o filme era bem reflexivo e tinha uma mensagem legal. Ele me recomendou também um filme da lista: *A Felicidade não se Compra*, do Frank Capra.

Preparei-me tranqüilamente: comprei duas latas de mate, fiz uma pipoca de microondas e me posicionei estrategicamente no sofá.

Depois de duas horas, terminado o filme, tinha que concordar com o Turco: era o melhor final de filme que já tinha visto. A fala final do professor Levy é de uma sabedoria única. O filme era sensível, alegre e dramático, tudo na medida certa. Não resisti e voltei ao capítulo da cena final, quando o professor Levy explica sua filosofia de vida. Anotei o que ele disse e fiz uma tradução livre:

Durante toda a nossa vida, enfrentamos decisões penosas, escolhas morais. Algumas delas têm muito peso. A maioria não tem tanto valor assim. Mas definimos a nós mesmos pelas escolhas que fazemos. Na verdade, somos feitos da soma total das nossas escolhas. Tudo se dá de maneira tão imprevisível, tão injusta, que a felicidade humana não parece ter sido incluída no projeto da Criação. Somos nós, com a nossa capacidade de amar, que atribuímos um sentido a um Universo indiferente.

Mesmo assim, a maioria dos seres humanos parece ter a habilidade de continuar lutando e até encontrar prazer nas coisas simples, como sua família, seu trabalho, e na esperança que as futuras gerações alcancem uma compreensão maior.

Fiquei emocionado, pois o filme me ajudou a liberar a tensão dos últimos tempos e me fez ver que eu estava diante de uma escolha moral séria, definitiva, que envolvia minha tentativa de me encontrar no mundo. E encontrar-se no mundo passa pelo "encontrar-se" em outra pessoa. Eu me encontrei em Thaís. Ela me fez enxergar em mim qualidades que eu não tinha — ou já tinha e simplesmente desconhecia, somente esperando que alguém limpasse as nuvens que encobriam minha visão do mundo. É verdade: o universo é indiferente. Mas, com a Thaís, algo passa a fazer sentido. Não sei o motivo, mas o filme me deixou confiante, sentimento que não senti durante aquela semana. Minha escolha era a Thaís. Agradeci a Woody Allen e fui dormir, não sem antes ler um pequeno poema de Fernando Pessoa (com o pseudônimo de Ricardo Reis), que também descobri para minha auto-estima:

Para ser grande, sê inteiro: nada
Teu exagera ou exclui.
Sê todo em cada coisa. Põe quanto és
No mínimo que fazes.
Assim em cada lago a lua toda
Brilha, porque alta vive

Ricardo Reis

Capítulo LII
O dia da viagem!

O vôo estava marcado para dezoito e quinze, com escalas, programado para chegar a Chicago somente no dia seguinte. Apesar de tranqüilo quanto ao horário, acordei às sete e quinze para terminar de arrumar minhas coisas. Depois de me levantar, fui até a janela e reparei no sol, que já estava forte, projetando ângulos perfeitos pelas sombras nos prédios, arranha-céus que me mantinham distante de uma vista mais bela. Reparei nas pessoas lá embaixo, preocupadas com o jornal do dia, com o leite e o pão, com a segunda-feira que chegaria logo. Eu não. Embora estivesse ali, no meu lar, meus pensamentos vagavam por uma Chicago imaginária, ao lado de uma companhia improvável, felizes no meio de ruas e avenidas imponentes, pensando no que fazer depois de visitar o museu.

Fui tomar banho ao som de Mozart. Quando saí para colocar minha roupa de viagem, já separada desde a noite anterior, ouvi com empolgação a abertura da ópera *As Bodas de Fígaro*, que repeti enquanto fechava a mala. Dez e meia, tudo pronto. Fui para sala e deixei a mala e a pasta de mão ao lado da mesa de centro, em frente ao sofá, onde me sentei para ver um pouco o noticiário do dia, torcendo para que tudo estivesse tranqüilo nos aeroportos norte-americanos. Só o que vi foram as notícias de sempre, tanto nos canais nacionais quanto internacionais.

Foi no exato momento em que começavam a falar de um técnico que pedia demissão de um clube de futebol que tocou minha campainha. Não, não foi o interfone, pelo visto a pessoa chegou e passou direto pelo porteiro. Estranhando tal fato inusitado, fui até o olho mágico e não vi ninguém. Tenso, como um bom brasileiro, resolvi não abrir a porta. "Melhor esperar", pensei. O toque se repetiu e olhei novamente. Ninguém. Tentei me comunicar com a portaria, mas o porteiro não devia estar lá, pois ninguém atendeu. Fui até o meu quarto e peguei um taco de beisebol que tinha ganhado de um tio na adolescência. Criei coragem e abri a porta. Era a Thaís! Encostada na parede para que eu não a visse, sorriu quando apareci com o taco de beisebol.

— Estou vendo que você anda impressionado com a violência.

Eu dei um sorriso de sincera alegria, com toda a ternura que sentia por ela. Antes que pudesse dizer qualquer coisa, ela viu as malas no meio da sala e perguntou surpresa:

— Você também vai viajar?

— Vou — respondi secamente.

Ela notou que eu não havia dado continuidade ao assunto, provavelmente pensando que eu viajaria para algum outro lugar — jamais Chicago — e, por isso, preferiu não perguntar para onde eu iria. Ela se antecipou e disse:

— Vim aqui só para me despedir de você. Não queria viajar sabendo que ficou um clima estranho entre a gente. Eu tentei ligar outro dia, mas você não atendeu...

Dividido quanto aos meus planos (fazer surpresa ou não?), tomei minha decisão rapidamente, só não sabia o que dizer para ela.

— Entre, Thaís. Estas malas... Bem... Eu vou...

— O que foi, Fábio?

— Vou pra Chicago.

Os olhos dela se arregalaram, assim como os de uma criança quando vê um filme de terror pela primeira vez. Ela não parecia acreditar.

— Pare de brincadeira boba, Fábio. Pra onde você vai? — sua voz tremia.

— Vou pra Chicago, no vôo da Continental hoje de tarde, com escala em Newark.

— Como você sabe desses detalhes do vôo? Não me diga que é...

— É verdade, Thaís. Eu não vou deixar você desistir de mim tão facilmente. Eu te amo!

— Espere um pouco. Você conseguiu passagem, visto, hotel, tudo... Tudo em menos de uma semana? Impossível!

— Você não sabe do que um homem apaixonado é capaz. Está tudo aqui — eu bati na pasta onde estavam meus documentos.

— Você enlouqueceu, Fábio? E o seu trabalho? O escritório, seus processos, como é que fica isso tudo?

— Meu chefe me deu um apoio enorme para que eu fosse atrás do meu sonho — eu tomei um pouco de ar e continuei minha explicação, para que Thaís enxergasse que não era somente uma loucura adolescente; era minha salvação.

— Você disse... Espere, estou confusa. Você me ama?

— Eu sei que não ficamos muito tempo juntos, mas quem disse que amor só pode ser declarado depois de meses ou anos? Eu te amo, Thaís! Eu me descobri com você. Quero fazer parte do seu mundo, quero ver museus, concertos e ler livros do seu lado. Descobri que era só mais um robô nesse mundo de pessoas, sentimentos e prazeres superficiais. Hoje eu sei que posso mais, mas esse "mais" precisa da sua companhia! É você que dá sentido ao meu universo. É você que...

Ela não me deixou terminar, calando minha declaração confusa de amor com um beijo — o mesmo beijo com que eu sonhava todo esse tempo. De olhos fechados, era como se eu não estivesse ali. Tudo era tão perfeito, ser correspondido no amor é algo tão único que agradecia mentalmente a sorte que voltava a sorrir para mim. Mas meus joelhos ignoravam minha felicidade e tremiam sem parar, tentando me trair e me derrubar no chão. Era a Thaís de volta, revolucionando meu pequeno e irrelevante mundo.

Capítulo LIII
Laços refeitos e viagem feita

Thaís teve uma explosão de felicidade, tendo me confessado mais tarde, no avião, que secretamente ela queria que eu fosse — uma reviravolta do destino. Mas tinha certeza que nossos caminhos se separariam de vez. Pelo jeito, eu mudei isso graças ao botão snooze.

Passamos o mês inteiro fora e conhecemos Chicago muito bem: Art Institute, beisebol, basquete, música clássica no Symphony Center (onde ouvimos a *Pastoral de Beethoven* tocada pela Orquestra Sinfônica de Chicago), House of Blues... Andamos de bicicleta nas margens do Lago Michigan e apreciamos a arquitetura de Frank Lloyd Wright. O curso de Thaís foi ótimo, com aulas na Universidade de Chicago e no Instituto de Arte. Ela me ensinava tudo o que sabia sobre as artes. E eu me tornava, a cada dia, mais conhecedor desses assuntos, até porque havia me tornado um leitor compulsivo. Como expliquei melhor depois para a Thaís, queria escrever sobre o modo como transformei minha vida numa experiência menos medíocre, mais elevada, mais recompensadora. Hoje, um quadro de Renoir faz diferença para mim. É disso o que quero falar.

Capítulo LIV
A ÚLTIMA AULA

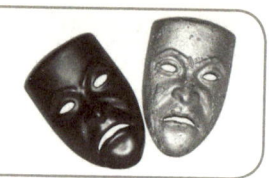

De: felipmarcoturco@....com.br
Para: fabioadv@....com.br
Assunto: Boa sorte

Fábio,

Acredito que, a partir de agora, você já pode caminhar com as próprias pernas. Fico feliz que esse "novo amigo" tenha surgido, mais inteligente, interessante e participativo. Não que eu não gostasse do antigo Fábio, mas esse novo é um amigo ainda melhor. Não vou continuar com nossas aulas por e-mail. Agora é com você e com a bela professora que conquistou: Thaís.
Atendendo, porém, ao seu pedido, envio o resto do ranking dos compositores, para que vocês possam se divertir.
Não se esqueça de me devolver o livro de George Eliot!
Ainda está de pé nossa ida ao cinema com as garotas, certo? Sábado, às nove? Me ligue.

O RANKING DOS COMPOSITORES – COMPLETO

IMORTAIS

1. Johann Sebastian Bach (1685-1750) – Barroco – alemão
2. Wolfgang Amadeus Mozart (1756-1791) – Clássico – alemão
3. Ludwig van Beethoven (1770-1827) – Clássico – alemão

SEMIDEUSES

4. Richard Wagner (1813-1883) – Romântico – alemão
5. Franz Joseph Haydn (1732-1809) – Clássico – alemão

6. Johannes Brahms (1833-1897) – Romântico – alemão
7. Franz Schubert (1797-1828) – Clássico/Romântico – alemão
8. Robert Schumann (1810-1856) – Romântico – alemão
9. George Frideric Handel (1685-1759) – Barroco – alemão
10. Peter Ilyitch Tchaikovsky (1840-1893) – Romântico – russo

COMPOSITORES DE GÊNIO

11. Felix Mendelssohn (1809-1847) – Romântico – alemão
12. Antonín Dvorák (1841-1904) – Romântico – tcheco
13. Franz Liszt (1811-1886) – Romântico – húngaro
14. Frédéric Chopin (1810-1849) – Romântico – polonês
15. Igor Stravinsky (1882-1971) – Século 20 – russo
16. Giuseppe Verdi (1813-1901) – Romântico – italiano
17. Gustav Mahler (1860-1911) – Romântico – alemão
18. Sergei Prokofiev (1891-1953) – Século 20 – russo
19. Dmitri Shostakovich (1906-1975) – Século 20 – russo
20. Richard Strauss (1864-1949) – Romântico – alemão

ARTISTAS DE ALTA ORDEM

21. Hector Berlioz (1803-1869) – Romântico – francês
22. Claude Debussy (1862-1918) – Século 20 – francês
23. Giacomo Puccini (1858-1924) – Romântico – italiano
24. Giovanni da Palestrina (1525-1594) – Renascença – italiano
25. Anton Bruckner (1824-1896) – Romântico – alemão
26. Georg Telemann (1681-1767) – Barroco – alemão
27. Camille Saint-Säens (1835-1921) – Romântico – francês
28. Jean Sibelius (1865-1957) – Século 20 – finlandês
29. Maurice Ravel (1875-1937) – Século 20 – francês
30. Gioachino Rossini (1792-1868) – Romântico – italiano
31. Edvard Grieg (1843-1907) – Romântico – norueguês
32. Christoph Gluck (1714-1787) – Pós-barroco/Clássico – alemão
33. Paul Hindemith (1895-1963) – Século 20 – alemão
34. Claudio Monteverdi (1567-1643) – Barroco – italiano
35. Béla Bartók (1881-1945) – Século 20 – húngaro

36. César Franck (1822-1890) – Romântico – francês
37. Antonio Vivaldi (1678-1741) – Barroco – italiano
38. Georges Bisset (1838-1875) – Romântico – francês
39. Modest Mussorgsky (1839-1881) – Romântico – russo
40. Jean-Philippe Rameau (1683-1764) – Barroco – francês
41. Gabriel Fauré (1845-1924) – Romântico – francês
42. Nikolai Rimsky-Korsakov (1844-1908) – Romântico – russo
43. Gaetano Donizetti (1797-1848) – Romântico – italiano
44. Ralph Vaughan Williams (1872-1958) – Século 20 – inglês
45. Bedrich Smetana (1824-1884) – Romântico – tcheco
46. Johann Strauss (1825-1889) – Romântico – alemão
47. Karl Maria von Weber (1786-1826) – Pré-romântico – alemão
48. Leos Janacek (1854-1928) – Século 20 – tcheco
49. François Couperin (1668-1733) – Barroco – francês
50. Alexander Borodin (1833-1887) – Romântico – russo

Podemos comparar os estilos. Constata-se o domínio do período Romântico. Vejamos:

– Renascença (1450-1600): 1 compositor
– Barroco (1600-1750): 8 compositores.
– Clássico (1750-1825): 4 compositores
– Romântico (1825-1910): 27 compositores
– Século 20 (1910 em diante): 10 compositores
– TOTAL: 50

Quanto à nacionalidade, a liderança indiscutível é da Alemanha. As mudanças políticas e geográficas na Europa foram de grande ordem, tornando difícil, muitas vezes, a atribuição de nacionalidade. O autor, contudo, seguiu as instruções do Harvard Dictionary of Music, que diz que "o desenvolvimento da música na Áustria é incluído sob a Alemanha, como é costumeiro e quase inevitável devido a ligações próximas — políticas, culturais e musicais — entre os dois países. Não poucos dos mais reconhecidos compositores 'austríacos' nasceram na Alemanha (incluindo Beethoven e Brahms), enquanto, por outro lado, muitos dos grandes mestres alemães eram realmente austríacos de nascença".

Abraço,

Felipe

P.S.: Que tal fazermos uma lista das nossas preferências? Vai ser legal a gente conferir depois do cinema, no sábado, quando sairmos para comer. Estou enviando a minha para você ver como *fiz*.

Capítulo LV
As listas

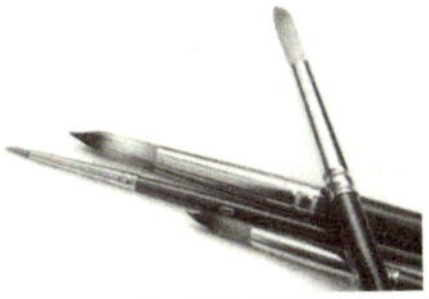

Voltei. Em todos os sentidos. Voltei a namorar, voltei a trabalhar normalmente no escritório, pois gosto de ser advogado, e voltei a ser confiante e feliz. A Thaís e eu nos vemos regularmente e, atualmente, temos saído com Turco e sua nova namorada para bares e restaurantes da cidade. Eles têm me incentivado a começar logo a escrever o livro, dando dicas, palpites e sugestões. Tive dúvidas sobre por onde devo começar ou se o livro deve ser escrito em primeira ou terceira pessoa, mas acho que já resolvi tais questões. Temos muitos bate-papos descontraídos. Chegamos até a fazer umas listas de preferências culturais, que cataloguei. Rimos muito quando resolvemos mostrar as listas um para o outro, no sábado, depois de assistir a um filme independente americano, bem alternativo. Será que as listas demonstram um pouco da nossa personalidade? Com certeza!

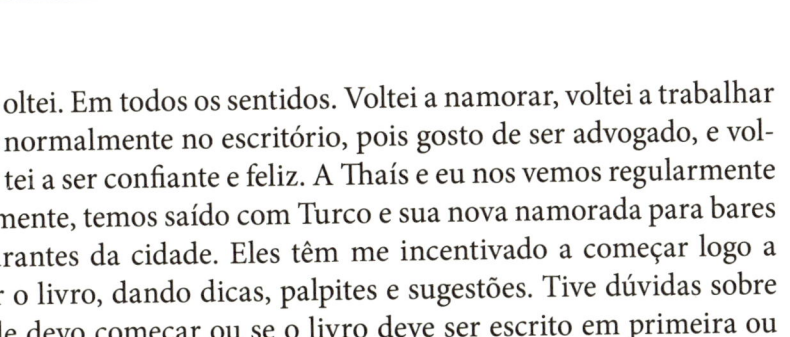

A MINHA LISTA

Filmes: Difícil escolher... mas vamos lá:
- *A Felicidade não se Compra*, de Frank Capra
- *Ran*, de Akira Kurosawa
- *Crimes e Pecados*, de Woody Allen
- *Morangos Silvestres*, de Ingmar Bergman

Literatura:
- Jorge Luis Borges (qualquer livro de contos, mas especialmente *O Aleph*)
- *Ensaios*, de Montaigne
- Poesias de Fernando Pessoa
- *O Vermelho e o Negro*, de Stendhal

Compositores:
- Beethoven
- Debussy

Banda/cantor(a) pop/rock:
- The Cure
- Bob Dylan
- Leonard Cohen

Músicas clássicas:
- *Nona Sinfonia*, de Beethoven
- *Clair de Lune*, Debussy
- Intermezzo da ópera *Cavaleria Rusticana*, de Mascagni

Músicas pop/rock:
- *It's All Over Now, Baby Blue*, Bob Dylan
- *Famous Blue Raincoat*, Leonard Cohen
- *Ana NG*, They might be giants

Filmes que adoro ver sem pretensão artística:
- *Feitiço do Tempo*, de Harold Ramis
- *Quase Famosos*, de Cameron Crowe

Escritor predileto:
- Montaigne

A LISTA DA THAÍS

Filmes:
- *O Fabuloso Destino de Amélie Poulain*, de Jean Pierre Jeunet
- *Hiroshima meu Amor*, de Alain Resnais

- *O Gabinete do Doutor Caligari*, de Robert Wiene
- *Cidade dos Sonhos*, de David Lynch

Literatura:
- *Razão e Sensibilidade*, de Jane Austen
- Poemas de Carlos Drummond de Andrade
- *A Megera Domada*, de Shakespeare

Compositores:
- Schumman
- Chopin

Banda/cantor(a) pop:
- Rolling Stones

Música:
- *Under my Thumb*, dos Rolling Stones

Filme que ela adora e vê todo ano:
- *Harry e Sally*

Escritores prediletos:
- Carlos Drummond de Andrade
- Jane Austen

A LISTA DO FELIPE, O TURCO

Filmes:
- *Laranja Mecânica*, de Stanley Kubrick
- *Rastros de Ódio*, de John Ford
- *O Sétimo Selo*, de Ingmar Bergman
- *Ladrões de Bicicleta*, de Vittorio de Sica

Literatura:
- *Crime e Castigo*, de Dostoievsky
- *Hamlet*, de Shakespeare

Compositores:
- Wagner
- Puccini
- Bach

Banda/cantor(a) pop:
- Beatles
- Pink Floyd

Cantor pop que ele adora escondido:
- Prince

Música clássica:
- Concertos de Brandenburgo, de Bach

Música pop/rock:
- *Mother* (do *The Wall*), do Pink Floyd

Filme que viu forçado, mas depois adorou:
- *Click*, de Frank Coraci

Escritores prediletos:
- Franz Kafka
- Thomas Mann

A LISTA DO CLÁUDIO SILVEIRA DA SILVA
(com base em informações da Maria Lúcia)

Filmes:
- *Arquitetura da Destruição*, de Peter Cohen ("Adoro o filme, apesar de não gostar do fim.")
- *Gaiola das Loucas*, de Mike Nichols ("Tem tudo a ver comigo... o filho! O filho!")

Literatura:
- *Minha Luta*, de Adolf Hitler

Compositor:
- Gilberto Gil ("Meu grande amigo.")

Banda/cantor(a) pop:
- ABBA

Música:
- *Macho Man*

Filme que adora, mas esconde de todo mundo:
- *Top Gun*, de Tony Scott ("Amo a cena do jogo de vôlei de praia e a frase final do Iceman para o Tom Cruise. Sempre choro.")

Escritor predileto:
- José Sarney

Capítulo LVI

A LOADED GUN

É isso: Thaís e eu voltamos e estamos juntos. Ando lendo mais que nunca. Encontrei minha história num poema de Emily Dickinson. Ela diz:

A minha vida permaneceu – uma arma carregada
Deixada pelos cantos – até que um dia
O dono passou – identificou-me –
E levou-me consigo –

Resolvi interpretar a minha maneira. Eu era uma arma carregada. Tinha um potencial, esperando para ser encontrado. Thaís libertou-me, ainda que tenha sido por caminhos tortuosos. De que adiantava ser alguém neste mundo se só aproveitava os prazeres mais rápidos e inúteis? Uma rebolada, seja da garota do axé ou do clipe de hip-hop, irá me iluminar mais do que um quadro de Leonardo da Vinci ou de Picasso? Por que não desafiar meu entendimento das coisas em vez de sentar diante da TV e ver o programa de auditório mais estúpido do mundo? Por que não gostar da companhia de um bom livro em vez de dopar-me com a estupidez de endereços da internet? E o som de uma boa música? Por que temer uma orquestra, quando apavorante é ouvir as mais pedidas nas estações de rádio? Sei que existe um oceano a ser explorado, algo que não tinha a menor importância para mim até bem pouco tempo atrás. Hoje, sentiria uma imensa frustração se não desafiasse e estimulasse meu cérebro, sabendo que existem neste mundo prazeres tão compensadores. Sei que terei que domar meu ímpeto e minha impaciência. O desafio, porém, já é recompensa por si só. Hoje sou confiante. Aprendo comigo mesmo. Reflito. E adoro ser assim.

Bem, leitores e leitoras, a Thaís está aqui em casa. Vou pedir agora para que ela pegue um copo de água, pois hoje está muito quente. E, enquanto ela estiver lá, vou começar o meu livro no estilo que entendo ser o melhor: na primeira pessoa, já que é uma espécie de testemunho, começando com os acontecimentos que conspiraram a favor do aparecimento dessa mulher que hoje me completa. Tudo começou com o término do namoro com Maria Lúcia, certo? Espero que leiam e se inspirem. Espero que se tornem curiosos e se apaixonem por um bom livro, uma bela música e um lindo quadro. Não aceitem o óbvio, pois lembrem-se, tal como disse Hamlet a Horatio: *There are more things in heaven and earth, Horatio, than are dreamt of in your philosophy*[1].

Chegou a hora de contar a minha história, portanto boa viagem!

I – OS MOTIVOS DE MARIA LÚCIA

Os motivos que levaram Maria Lúcia a terminar nosso namoro de três anos foram:
1º – Meu egoísmo, egocentrismo e machismo – misturados e inseparáveis, segundo ela;
2º – minha excessiva dedicação ao trabalho;
3º – minha falta de cultura.
   O que posso dizer?...

FIM

---

[1] Tradução livre: "*Há mais coisas no céu e na terra, Horatio, do que sonha sua filosofia*" (da peça Hamlet, de Shakespeare).